La discu... une mau...se tournure

"Si j'ai bien compris votre pensée, mon approche de la chirurgie est trop féminine, trop sentimentale."

"Exactement."

"Je ne suis pas d'accord, et rien ne changera le fait que je sois femme," dit Jessica en se levant dans l'espoir de mettre fin à cette conversation.

Mais Mark n'en avait pas terminé avec elle. "Loin de moi l'idée de vouloir vous changer. J'apprécie trop votre côté féminin."

La sensualité inattendue de sa voix bouleversa Jessica. "Il faut que je parte," se hâta-t-elle de dire.

"Le fait que je vous considère comme une femme plutôt que comme un médecin vous trouble-t-il?"

Elle devait à tout prix garder son calme. "Absolument pas," mentit-elle.

DANS HARLEQUIN ROMANTIQUE

Yvonne Whittal
est l'auteur de

DANS COLLECTION HARLEQUIN

Yvonne Whittal
est l'auteur de

La danse du serpent

Yvonne Whittal

Harlequin Romantique

PARIS · MONTREAL · NEW YORK · TORONTO

Publié en janvier 1984

ISBN 0-373-41236-3

Dépôt légal 1e trimestre 1984
Bibliothèque nationale du Québec et Bibliothèque nationale
du Canada.

Imprimé au Québec, Canada—Printed in Canada

1

Jonathan Neal fixait sa fille Jessica par-dessus son vaste bureau poli. Ses yeux brun foncé exprimaient l'incrédulité la plus complète. Il se laissa tomber dans son fauteuil pivotant dont le cuir grinça sous son poids.

Jessica avait posé sa candidature à un poste à Louisville. Elle avait signé le contrat qui la lierait pour un an comme assistante du docteur O'Brian et de son associé. C'était fait. Il n'était pas question de revenir en arrière. Elle venait d'en informer son père, médecin en retraite, et celui-ci semblait avoir le plus grand mal à accepter la situation.

— Tu avais pourtant l'intention de te spécialiser en pédiatrie, me semble-t-il? fit Jonathan.

— L'idée venait de toi, papa, pas de moi, répliqua-t-elle d'une voix enrouée par l'émotion.

Un silence tomba. N'avait-elle pas parlé un peu vite et sur un ton involontairement accusateur? Ne savait-elle pourtant pas, mieux qu'une autre, à quel point son père avait été déçu de voir son propre fils Gregory choisir le métier d'ingénieur? En revanche, son bonheur avait été sans limites lorsque Jessica avait annoncé sa décision de marcher, elle, sur les traces de son père.

La jeune fille se maudit de n'avoir su présenter les choses avec plus de diplomatie. D'un geste las, le vieux médecin se passa la main dans les cheveux et demanda sur un ton mal assuré :

— T'ai-je trop poussé, Jessica, dis-moi?

Cette fois-ci, elle répondit avec gentillesse :

— Tu sais combien j'ai toujours apprécié ton aide et tes conseils, papa.

— Tu estimes néanmoins le moment venu de voler de tes propres ailes?

— Oui, confirma-t-elle laconiquement.

Un nouveau silence tomba. Un silence présageant l'orage. Jonathan se leva et laissa courir machinalement ses doigts sur les tranches des gros livres de médecine garnissant les rayons de sa bibliothèque.

— Dieu du ciel, Jessica! s'écria-t-il soudain d'une voix âpre. Une personne de ton niveau ne peut pas s'en aller croupir dans un trou perdu comme Louisville!

C'était l'explosion prévue. Mais Jessica ne céda pas d'un pouce, comme elle l'avait fait si souvent par le passé.

— Je crois au contraire avoir là l'occasion d'apprendre vraiment mon métier, papa.

— Tu pourrais le faire aussi bien ici, à l'hôpital.

— Non, dit-elle avec force. Depuis deux ans, on m'y confie uniquement des cas bénins dont les médecins confirmés préfèrent se décharger.

— C'est de la diffamation, mon enfant!

— Non, papa, c'est la vérité!

Pendant quelques secondes, père et fille se défièrent du regard. Et Jessica ajouta avec cynisme :

— Tout le monde est tellement occupé à se spécialiser ou à s'élever au plus vite dans la hiérarchie qu'on en oublie l'essentiel, c'est-à-dire de soigner.

— Penses-tu pouvoir faire mieux à Louisville?

— Parfaitement.

Jonathan Neal se rassit lourdement et posa les coudes sur le bureau.

– Tu me déçois affreusement, soupira-t-il au bout d'un instant.

– Et maman va se mettre dans tous ses états, commenta la jeune fille avec résignation.

– Veux-tu que je l'en informe?

Jessica secoua la tête et fit le tour du bureau pour embrasser la joue ridée de son père dont l'expression désemparée lui serrait le cœur.

– Non, je te remercie, je lui en parlerai moi-même après dîner.

Une fois dans sa chambre, la jeune fille se sentit plus détendue. Elle avait franchi l'obstacle le plus dur. Restait encore à avertir sa mère.

Avant de redescendre, elle prit un bain et passa une robe fraîche. C'était bon d'échanger l'odeur de désinfectant pour celle de l'eau de Cologne. Elle se jeta un bref coup d'œil dans la glace en pied. Ce fut tout. Elle ne se souciait ni de son aspect ni de ce qu'elle portait. Seul lui importait le fait d'être nette et à l'aise dans ses vêtements. Un coup de brosse suffisait à remettre en place ses courts cheveux bruns bouclés. Le reste lui était indifférent.

Et pourtant, elle était mieux que jolie avec son visage régulier au teint éblouissant, ses pommettes un peu hautes, ses sourcils bien dessinés abritant de beaux yeux noisette, son nez droit, sa bouche généreuse et sensuelle. Elle était très petite, mais admirablement proportionnée. Jusqu'ici, elle avait éveillé chez les hommes des sentiments protecteurs plutôt que passionnés. Cela ne l'avait pas autrement troublée pendant ses études à la faculté, ni même maintenant qu'elle était médecin diplômé. Elle n'avait jamais perdu de temps en idylles sans lendemain. Seule fille ou presque au milieu d'une bande d'étudiants en médecine, elle avait consacré toute son énergie à se prouver qu'elle était égale, sinon supérieure, à ses collègues masculins. Même aujourd'hui, elle éprouvait encore ce besoin impérieux de faire ses preuves.

Ce soir-là, le repas s'écoula trop vite au gré de Jessica. Lorsque son père se retira discrètement dans son bureau, la laissant seule au salon avec sa mère, elle sut que le moment était venu.

Maintenant, elle ne pouvait plus reculer. Elle exposa donc ses projets le plus calmement possible. Amelia Neal l'écouta sans l'interrompre.

– Ton père est-il au courant? se contenta-t-elle de demander après un petit silence.

– Oui, acquiesça Jessica.

Amelia hocha la tête avec une curieuse expression sur son visage habituellement placide. « En somme, se disait Jessica, elle a plutôt bien pris la chose... »

Les jours suivants, Jonathan et Amelia évitèrent soigneusement le sujet, et Jessica fut bien obligée d'en faire autant.

La veille de son départ, cependant, après un dîner silencieux et contraint, Jonathan exprima de nouveau sa désapprobation en assenant un coup sur la table avec une telle force que Jessica et sa mère sursautèrent.

– J'estime que tu es folle de renoncer aux possibilités offertes par une ville comme Johannesburg. Si tu avais voulu, j'aurais pu t'aider à t'établir. Mais aller t'enterrer dans ce coin perdu du Transvaal est du dernier ridicule.

Et pour appuyer ses propos, il écrasa de nouveau son poing sur la table, faisant tinter les verres.

– Tu as toujours été trop ambitieux pour moi, papa. Ne crois pas que je ne l'aie pas apprécié. Mais avant de me décider à poursuivre mes études ou à m'installer, je tiens à pratiquer vraiment mon métier. Il y a bientôt deux ans que j'ai mon diplôme en poche mais, à mes yeux, je manque d'occasions d'appliquer mes connaissances.

Jonathan parut se tasser sur sa chaise.

– Était-il vraiment indispensable de signer un contrat d'un an?

– C'était le minimum exigé, répondit Jessica sans détourner le regard, et j'en suis très heureuse.

– As-tu pensé au mariage, mon petit?

La question d'Amelia avait brisé le silence contraint qui avait suivi l'altercation entre père et fille. Jessica parut déconcertée.

– Au mariage, maman?

– Eh bien oui, au *mariage,* répéta Amelia en insistant sur le mot. Depuis des années, je vous écoute sans rien dire, ton père et toi, discuter à perte de vue de ta carrière. Au milieu de tout cela, n'aurais-tu pas oublié tout simplement ton rôle de femme?

Son regard exprimait un véritable désarroi.

– Ne désires-tu pas te marier et avoir des enfants, ma chérie?

– Bien sûr, répondit la jeune fille, interloquée. Oui, un jour ou l'autre, mais...

– Puis-je te suggérer d'y penser sérieusement? Tu as presque vingt-huit ans. Tu ne rajeuniras pas, tu sais.

– Enfin, Amelia, elle a bien le temps, voyons!

– On croit ça, Jonathan! fit Amelia avec force.

Pour une fois, sa fidèle compagne le contredisait. Le vieux médecin parut légèrement décontenancé.

– Ne t'imagine pas que j'ai un bandeau sur les yeux, Jonathan, poursuivit Amelia. Je sais que Gregory t'a déçu. Je sais également que tu as reporté tous tes espoirs sur Jessica, depuis le jour où elle t'a annoncé son désir d'étudier la médecine. Seulement, mon chéri, tu as négligé un facteur très important : Jessica est une femme.

– Du moins, je l'espère! lança Jessica en plaisantant pour détendre l'atmosphère.

– Alors, qu'attends-tu pour trouver un mari et nous donner de beaux petits-enfants? attaqua sa mère.

– L'épouse de Gregory va s'en charger...

– Je ne parle pas de Gregory, mais de toi! rétorqua

Amelia avec un geste d'impatience. Ne détourne pas la conversation, s'il te plaît!

Une lueur amusée passa dans les yeux de Jessica.

– Je ne peux rien te promettre avant d'avoir rencontré le compagnon idéal.

– Et comment veux-tu espérer le trouver, contra sa mère avec indignation, quand tu regardes tous les hommes comme s'ils étaient des numéros sur une table d'examen?

– Quand je découvrirai la perle rare, répondit Jessica après un silence songeur, je serai certainement à cent lieues de penser à une table d'examen.

Elle croisa le regard de son père. Pour la première fois depuis des jours, elle y vit briller une étincelle de malice.

– Était-ce l'attitude que j'avais adoptée à ton égard? demanda-t-il en se penchant par-dessus la table pour prendre la main de son épouse.

– Non, mon chéri, répliqua celle-ci sans hésiter, mais j'avais fait en sorte que tu me considères comme une vraie femme.

– Maman! s'exclama Jessica en affectant l'indignation, ne me dis pas que...

– Tu n'as pas honte d'avoir l'esprit aussi mal tourné? l'interrompit Amelia en s'empourprant.

– Ta mère sous-entend que l'anatomie n'avait rien à voir avec les sentiments qui nous poussaient l'un vers l'autre, expliqua Jonathan. Pas vrai, chérie?

Tour à tour, Amelia dévisagea son mari et sa fille. Elle finit par hocher la tête et soupirer sur un ton résigné :

– Quand vous aurez fini de vous amuser à mes dépens...!

– C'était trop tentant, ma petite maman, affirma Jessica en riant. Voir quelqu'un de ton âge rougir comme une collégienne, c'est vraiment attendrissant!

– Ne sois pas stupide! J'essayais de...

– Je sais, maman, coupa Jessica en reprenant son sérieux. Mais l'amour ne se commande pas. Et puis, c'est plus qu'une simple attirance physique. C'est également une union de l'esprit et du cœur. C'est à cela que je reconnaîtrai celui qui m'est destiné de toute éternité. Tant que je n'aurai pas rencontré l'homme qui me bouleversera corps et âme, je préfère rester libre.

– Où logeras-tu? reprit Amelia après un instant.

Jusque-là, elle n'avait guère paru s'inquiéter de l'existence que mènerait sa fille à Louisville.

– Le docteur O'Brien m'a très aimablement offert la jouissance d'une petite maison se trouvant dans le parc de sa propriété. Elle est meublée, si j'ai bien compris, et j'aurai un téléphone privé à ma disposition.

– Dieu veuille que ta décision soit la bonne, Jessica, fit remarquer songeusement son père.

La jeune fille ne répondit pas. D'ailleurs, Jonathan n'attendait probablement pas de réponse. Il repoussa sa chaise et se leva péniblement de table.

C'est par une matinée glaciale de juillet que Jessica partit pour Louisville. Les pelouses du jardin familial étaient couvertes de gelée blanche. Elle traversa la banlieue interminable et triste de Johannesburg dominée par les terrils jaunes et blancs des mines d'or. Elle avait devant elle un long trajet, et ne comptait guère pouvoir arriver avant le milieu de l'après-midi. Mais elle se réjouissait de penser qu'elle allait bénéficier là-bas d'un climat plus chaud.

Pretoria... Nylstroom... Pietersburg... Louis Trichardt... le tunnel de Wyllie's Poort... Une fois franchie la chaîne des Soutpensberg, la route descendait rapidement vers la steppe. Jessica se trouvait au pays des baobabs, là où les hivers sont tièdes et les étés torrides. Elle ne perdit pas de temps à échanger sa pelisse, son pantalon et son pull à col roulé contre une jupe et un chemisier de coton.

A l'arrivée à Louisville, elle s'arrêta pour faire le plein à une station-service et en profita pour demander au pompiste le chemin du domicile du docteur O'Brien.

– Tournez à gauche après la vieille église en pierres, lui expliqua l'employé, puis prenez la deuxième rue à droite. Vous reconnaîtrez facilement la maison du docteur O'Brien. C'est la seule à deux étages de tout le voisinage.

Cinq minutes plus tard, après avoir garé sa voiture devant le portail, la jeune fille enfilait l'allée conduisant à une belle villa moderne aux larges baies vitrées, se dressant au milieu d'un grand parc.

La porte d'entrée était ouverte. Jessica aperçut un vaste hall dont le parquet étincelant était couvert de magnifiques tapis. Elle appuya sur le bouton de la sonnette dont le tintement mélodieux résonna dans la demeure silencieuse.

– Si c'est vous, docteur Neal, entrez donc! fit une voix féminine. Je suis à vous tout de suite.

Jessica obtempéra. Très vite apparut une grande femme brune aux formes sculpturales. A la vue de Jessica, elle s'immobilisa. Une expression faite d'humour et d'incertitude traversa son beau visage de madone.

– Oh, je vous demande de m'excuser, madame! J'attendais le docteur Neal, et naturellement, j'ai cru...

– Je suis le docteur Neal, coupa Jessica.

– Vous êtes le docteur Neal? s'exclama son interlocutrice en la regardant avec des yeux ronds.

Pour une raison connue d'elle seule, elle éclata de rire. Il lui fallut un certain temps avant de pouvoir calmer cet accès d'hilarité.

– Pardonnez-moi, dit-elle enfin en s'essuyant les paupières du bout des doigts. Je n'ai pas pu me retenir.

– Trouvez-vous drôle que je ne sois pas un homme? s'enquit Jessica avec une certaine raideur.

– Oui... non... enfin... Venez vous asseoir. Je vais vous expliquer.

Elle la précéda dans un grand salon que Jessica trouva ravissant avec son harmonieux mélange de beaux meubles anciens patinés par les ans et de canapés et de fauteuils modernes.

– Depuis des semaines, poursuivit-elle, une fois assise, mon mari ne parle que du nouveau médecin attendu. Je meurs d'envie de voir la tête qu'il fera en découvrant votre sexe.

Un peu déconcertée, Jessica contemplait son interlocutrice dont les beaux cheveux bruns étaient relevés en chignon. Elle n'avait pas pensé une seconde à une telle éventualité.

– Le docteur O'Brien ne m'a jamais posé la question. J'en ai conclu qu'il savait...

– Pour une surprise, c'est une surprise! coupa la jeune femme dont le regard pétillait de gaieté. Excusez-moi, docteur, je manque à tous mes devoirs. Je suis Vivien O'Brien, comme vous devez vous en douter. Puis-je savoir maintenant ce que cache le « J » de votre nom?

– Jessica.

– La fille de Shylock... fit remarquer distraitement Vivien.

– Je vous demande pardon...?

– « Le marchand de Venise. »

– Ah oui, fit Jessica dont le visage s'éclaira. Ma mère a une passion pour les pièces de Shakespeare.

Vivien O'Brien devait avoir dans les trente-deux ans. Sa haute taille ne l'empêchait pas d'être infiniment gracieuse. Elle reprit en souriant :

– Décidément, vous devez me trouver très mal élevée. Puis-je vous offrir quelque chose à boire? Du thé, peut-être?

– Si vous n'y voyez pas d'inconvénient, répondit poliment Jessica, je préférerais m'installer tout de suite. Le voyage a été long, et je suis plutôt fatiguée.

– Oui, bien sûr. Je vais vous accompagner...

La sonnerie du téléphone l'interrompit.

– Oh, excusez-moi un instant.

Elle souleva le combiné.

– Oui, Peter, le docteur Neal est arrivée, répondit-elle à son interlocuteur invisible. J'allais justement... euh... conduire le docteur Neal au cottage. Si tu rentres, viens donc nous y retrouver. A tout de suite, chéri.

Quand son hôtesse eut raccroché, Jessica se leva.

– Mon mari sera là dans quelques minutes, annonça Vivien sans pouvoir cacher son amusement. Entre-temps, je vais vous montrer votre logement.

Jessica la suivit dans le jardin où les rayons du soleil couchant nimbaient d'or la moindre feuille, le moindre brin d'herbe.

– A quelques mètres du portail, vous avez une petite entrée privée. Vous pourrez garer votre voiture sous l'auvent.

– Merci.

Vivien avait dû prendre un raccourci à travers le jardin car, en arrivant devant le cottage au toit de chaume, Jessica l'aperçut qui l'attendait avec un trousseau de clefs à la main.

La maison était plus grande que Jessica ne se l'était imaginée. Elle se composait de deux chambres à coucher, d'un salon, d'une salle à manger, d'une cuisine et d'une salle de bains.

– A l'origine, expliqua Vivien, c'était le cabinet de consultation de mon mari. Nous l'avons transformé en pavillon d'amis. Et puis, nous avons pensé que ce serait une demeure idéale pour un assistant. C'est peut-être un peu nu. Mais vous avez ainsi toute latitude pour ajouter des bibelots qui lui donneront une touche plus personnelle.

Jessica jeta un coup d'œil sur le mobilier du salon en pin et sur le chintz fleuri du canapé et des fauteuils.

– Cela me paraît extrêmement confortable, assura--elle à Vivien. Je m'y sens déjà chez moi.

Le sourire chaleureux de la jeune femme s'accentua.

– Vous avez un téléphone privé à votre disposition. Nous avons installé la climatisation. Pendant les mois d'été, c'est précieux, vous verrez. Vous allez être très occupée. Je vous propose donc de prendre vos repas du soir chez nous.

– C'est très aimable de votre part, déclina Jessica avec courtoisie, mais je préfère me débrouiller seule autant que possible.

– Comme vous voulez, docteur. Mais aujourd'hui en tout cas, vous dînerez avec nous. Et si, à l'avenir, vous êtes retenue tard le soir, vous me permettrez bien de laisser dans votre cuisine un repas tout prêt.

– Je vous remercie infiniment, répondit Jessica en se laissant fléchir. J'apprécie beaucoup votre sollicitude à mon égard.

– C'est donc entendu et...

Vivien s'interrompit. Elle venait de percevoir au dehors un bruit de pas.

– Ce doit être Peter.

– Vivien, tu es là? fit une chaude voix masculine.

– Oui, chéri. Entre, ajouta-t-elle avec un clin d'œil malicieux à Jessica. Nous sommes au salon.

Grand, mince et blond, Peter O'Brien s'encadra dans la porte. Et, comme sa femme un peu plus tôt, il s'arrêta brusquement à la vue de Jessica.

– Bonjour, dit-il avec un bref signe de tête tout en fouillant la pièce du regard. Je... je croyais le docteur Neal célibataire...

– Peter, je te présente le docteur Jessica Neal. Docteur Neal... mon mari, Peter O'Brien.

15

En voyant l'expression médusée du docteur O'Brien, Jessica se sentit partagée entre l'amusement et un certain agacement.

– Bonjour, docteur O'Brien. Comment allez-vous?

– Eh bien, je... Seigneur... Je n'avais pas imaginé un seul instant...

Vivien se mit à rire de bon cœur.

– C'est la première fois que je te vois ainsi pris au dépourvu, mon chéri!

– Franchement, je ne m'y attendais pas, avoua-t-il.

Jessica plongea son regard dans les yeux bleus du médecin.

– Le fait que je sois une femme change-t-il quelque chose à la situation? demanda-t-elle en s'efforçant de dissimuler son amour-propre blessé.

– Absolument pas, assura son interlocuteur avec force. Vous avez les compétences voulues, docteur Neal, et cela me suffit. Ne m'en veuillez pas de cet accueil un peu mitigé. La surprise... vous comprenez...

Il tendit la main et serra chaleureusement celle de Jessica.

– Soyez la bienvenue à Louisville, docteur Neal. Je vous souhaite un agréable séjour parmi nous.

– Merci, docteur O'Brien, sourit-elle, intérieurement soulagée de la réaction de son hôte.

– Nous devrions laisser Jessica s'installer, intervint Vivien. M'autorisez-vous à vous appeler par votre prénom, docteur?

– Bien sûr.

– Le dîner est à 7 heures, dit gaiement la jeune femme. Prenez le sentier dallé qui traverse le jardin. Vous arriverez directement chez nous.

– Entendu.

– Alors, à tout à l'heure.

Sur le seuil de la pièce, elle se retourna une dernière fois.

– Inutile de faire des frais de toilette. Nous serons entre nous.

Après leur départ, Jessica resta encore quelques minutes au salon, à goûter le silence et la paix qui y régnaient. Elle allait certainement se plaire dans cet endroit privilégié.

Au moment où elle se décidait enfin à aller décharger sa voiture, arriva une servante plantureuse qui expliqua en souriant de toutes ses dents blanches :

– Je suis Lettie. Mme O'Brien m'a demandé de venir vous donner un coup de main.

Une demi-heure après, tout avait été transporté à l'intérieur. Jessica prit ensuite un long bain délassant et résolut de surseoir au rangement de ses affaires. Elle se contenta d'ouvrir une valise, d'en sortir une robe de jersey infroissable et des sandalettes à hauts talons qui lui donnaient quelques centimètres de plus.

Peu après, elle se retrouvait dans le beau salon de ses hôtes.

– Du vin, Jessica? proposa le maître de maison.

– Volontiers, docteur O'Brien.

– Peter, rectifia-t-il en remplissant un verre à pied d'un liquide rubis. Pas de cérémonies entre nous.

– Entièrement d'accord, Peter, sourit Jessica après avoir bu une gorgée de vin. Dans vos lettres, reprit-elle au bout d'un instant, vous faisiez allusion à un associé...

– En effet. Il s'appelle Mark Trafford.

– Mark est célibataire, ajouta Vivien pour plus de précision. Les gens d'ici le considèrent comme un coureur invétéré.

– Voyons, Vivien!

– Autant que Jessica sache avec qui elle devra travailler, affirma calmement la jeune femme.

– Mark est un médecin remarquable.

– Je ne le conteste pas. Je dis seulement que sa vie privée fait beaucoup jaser.

– Sa vie privée ne nous regarde pas.

– Tu sais bien que je l'aime beaucoup, Peter, mais cela ne m'empêche pas de le juger. Les gens d'ici sont forcément scandalisés en voyant cette Sylvia Summers venir de Pretoria passer le week-end chez lui!

– Sylvia Summers est une créature splendide, observa Peter avec un rien de moquerie dans son regard bleu.

– Évidemment, si on aime le type de femme dont la façon de s'habiller ne laisse rien à l'imagination, on peut en effet considérer qu'elle est très belle!

– Jalouse, ma chérie?

Vivien sourit avec humour.

– Je le serais peut-être si je ne savais que tu m'aimes à la folie.

Peter se mit à rire de bon cœur.

– Comme je le disais, poursuivit Vivien en reprenant son sérieux, sa liaison avec Sylvia Summers choque les mœurs simples de notre petite ville...

– Écoute, mon petit, c'est inutile de prévenir Jessica contre Mark avant même qu'elle ne l'ait rencontré!

– Malgré tout cela, Jessica, déclara Vivien, Mark possède un charme indéniable. Les femmes prétendent être outrées par sa conduite. Il n'empêche qu'elles affluent dans sa salle d'attente. Enfin, je vous aurai mise en garde...

– Contre le docteur Trafford ou son amie? demanda paisiblement Jessica.

– Contre les deux. Sylvia vous arracherait sans doute les yeux, mais Mark risquerait de vous briser le cœur, et ce serait plus grave.

– Je suis médecin, Vivien, vous savez, rétorqua tranquillement Jessica. Mes études et mon métier m'ont mise en contact avec toutes sortes d'hommes.

– Vous êtes aussi une femme, ne l'oubliez pas, et vous êtes, permettez-moi de le souligner, infiniment séduisante.

Jessica sourit avec un certain embarras.

— Dire que ma pauvre mère se plaint de mon manque de féminité!

— Comme toutes les mères, elle voudrait une fille adorant les frous-frous et les dentelles. Avec le métier qui est le vôtre, elle doit craindre que vous ne négligiez d'être femme. N'ai-je pas raison?

— Oh si, reconnut Jessica, stupéfaite par la perspicacité de Vivien.

Peter O'Brien se racla la gorge et posa son verre vide.

— Excusez-moi de vous interrompre, mais mon estomac crie famine.

— Ah, ces hommes, gémit son épouse, ils ne pensent qu'à manger!

Ce soir-là, tout en se préparant une tasse de café, Jessica songeait à ce premier contact avec Louisville. Les O'Brien s'étaient montrés absolument charmants. Le docteur Trafford représentait encore une inconnue. Les remarques de Vivien avaient éveillé l'intérêt de la jeune fille. Mais elle n'allait pas passer le reste de la soirée à penser à l'associé de Peter et à sa maîtresse...

Elle jugea préférable de téléphoner à ses parents pour leur annoncer qu'elle était bien arrivée. Après avoir déballé l'indispensable, elle se coucha. Elle avait tout le week-end pour s'installer. Autant profiter de ces heures de détente avant de se mettre au travail.

2

Ces deux jours passèrent beaucoup trop vite au gré de Jessica qui commençait à savourer son installation dans la jolie chaumière entourée d'arbustes en fleurs.

Le cabinet de consultation de Peter O'Brien se trouvait non loin de la grand-rue traversant toute la ville. Il était situé dans une vieille maison aménagée à cet effet.

Lorsque Jessica y arriva le lundi matin, avec Peter, elle fit connaissance de l'infirmière, assise derrière son bureau dans un coin de la salle d'attente. Emily Hansen avait la cinquantaine bien sonnée. Elle fut bien entendu stupéfaite de découvrir que le nouveau médecin était une femme, mais elle se remit rapidement de sa surprise et accueillit Jessica avec une chaleur presque maternelle.

— Le docteur Trafford a téléphoné il y a quelques minutes, dit-elle ensuite à Peter. Il a été appelé très tôt ce matin à la ferme des Grayson. Il sera un peu en retard.

— Ça tombe mal, marmonna Peter. Quel était le problème?

— Il semble qu'un des ouvriers ait été éventré par un taureau furieux. Le docteur Trafford le conduit à l'hôpital pour des examens complémentaires.

Peter fronça le sourcil.

— Vous allez rester seule un moment, annonça-t-il à sa

jeune collègue. Vous pensez pouvoir vous débrouiller?

– Bien sûr, répliqua calmement Jessica avec la confiance en soi qu'elle avait héritée de son père.

– Parfait, sourit Peter. Si vous avez besoin de quoi que ce soit, adressez-vous à Miss Hansen. Et si l'on me demande d'urgence, je suis à l'hôpital.

Dès qu'il eut refermé derrière lui la porte d'entrée, Emily Hansen fit signe à Jessica de la suivre.

– Ces deux pièces sont au docteur O'Brien, indiqua-t-elle en longeant le couloir, les deux suivantes au docteur Trafford, et celles-ci seront pour vous, docteur.

– Pourquoi deux? interrogea Jessica avec curiosité tout en posant sa trousse sur le bureau de la plus grande des pièces.

– Quand la salle d'attente est bondée, ce système est une bénédiction, répondit l'infirmière. Cela vous permet de vous occuper de deux malades presque simultanément.

De l'une des patères vissées derrière la porte, elle décrocha une blouse blanche. Son regard allait de la tenue à Jessica avec une expression comique. Il était bien évident que le vêtement était trois fois trop grand pour celle-ci.

– Aucune importance, déclara vivement la jeune fille pour la tranquilliser.

Ouvrant sa mallette, elle en sortit une blouse qu'elle mit sur le dossier de la chaise après l'avoir dépliée.

– J'ai apporté les miennes, expliqua-t-elle à l'infirmière soulagée. Ne trouvant jamais ma taille en confection, je les fais faire sur mesure.

– C'est très astucieux, approuva Emily.

– A quelle heure arrivent les premiers clients? s'enquit Jessica en jetant un coup d'œil à sa montre.

– Maintenant... D'ailleurs, si je ne me trompe, j'ai entendu du bruit dans la salle d'attente.

– En ce cas, commençons, fit-elle avec un calme

apparent qui cachait une soudaine nervosité. Il n'y a pas de raison d'attendre.

– En effet, acquiesça l'infirmière.

La porte se referma doucement derrière la robuste silhouette d'Emily Hansen. Jessica avait deux minutes devant elle. Elle en profita pour passer rapidement sa blouse sur sa robe de cotonnade fleurie et se familiariser avec son lieu de travail. Petite, mais peu encombrée, la pièce contenait néanmoins l'essentiel : une table d'examen dissimulée derrière un paravent, et une vitrine avec les instruments stérilisés et les médicaments.

Après les immenses salles d'un grand hôpital, Jessica trouvait ce minuscule bureau un peu déroutant, mais elle s'y fit vite et s'y sentit chez elle dès la venue des premiers clients.

Jessica était parfaitement consciente des réactions de ceux-ci en découvrant qu'elle était une femme : surprise, hésitation, circonspection... Mais lorsqu'elle les renvoyait, serrant une ordonnance dans leurs mains, elle avait la satisfaction de les voir tout à fait rassurés.

Ce matin-là, le patient le plus difficile fut un fermier corpulent au teint de brique. Tout en tripotant nerveusement son chapeau à larges bords, il dévisageait la jeune fille sans pouvoir cacher son désarroi.

– Le docteur O'Brien a-t-il engagé une nouvelle infirmière en même temps qu'un assistant? s'enquit-il d'une voix râpeuse.

Avant de répondre, Jessica jeta un coup d'œil sur son dossier posé sur le bureau.

– Je ne suis pas infirmière, monsieur Boshoff, je suis médecin.

L'homme la regarda d'un air incrédule.

– Vous êtes l'assistante du docteur O'Brien?

– C'est exact, confirma Jessica d'un ton précis. Qu'est-ce qui vous amène, monsieur Boshoff?

– Eh bien, docteur, j'ai cette toux qui me fait mal, ici, vous voyez, se décida-t-il à expliquer en frappant de son index un point sur sa veste kaki. Je me demandais si vous pourriez me prescrire quelque chose pour me soulager...

Jessica se leva.

– Je vais d'abord vous examiner.

– M'examiner?

L'homme avait eu un haut-le-corps.

– Otez votre chemise, monsieur Boshoff, dit-elle sans s'émouvoir tout en lui indiquant un tabouret, et asseyez-vous là.

– Il n'est pas question que je me déshabille devant une femme! tonna le fermier avec indignation en serrant son chapeau devant lui comme un bouclier. Donnez-moi seulement un remède contre ma toux.

Jessica réprima un soupir d'impatience.

– Croyez-moi, monsieur Boshoff, ce ne sera pas la première fois que je poserai les yeux sur la poitrine d'un homme! Allons, faites ce que je vous dis.

– Certainement pas! rugit le patient. Et vous...

– Des problèmes, docteur Neal? s'enquit une voix vaguement ironique au timbre grave.

Jessica se retourna brusquement. Un homme grand et brun, mince et musclé à la fois, se tenait dans l'encadrement de la porte, une main posée sur la poignée. Il dégageait une impression de virilité tellement intense que Jessica en eut presque le souffle coupé. Son attitude autoritaire imposait le respect. La jeune fille eut du mal à échapper au magnétisme émanant de ses yeux gris clair qui la dévisageaient avec hardiesse.

– Je désire examiner monsieur Boshoff, s'entendit-elle répondre avec un calme étonnant, mais il refuse de se mettre torse nu.

– C'est une femme, docteur Trafford, protesta le fermier.

– C'est également un médecin, lui rappela sévèrement Mark Trafford. Elle en a vu bien d'autres dans sa carrière! Alors, ne faites pas l'imbécile et ôtez votre chemise.

Maté, le patient obtempéra en marmonnant entre ses dents :

– Je me demande vraiment où nous allons!

Mark Trafford disparut aussi doucement qu'il était entré et Jessica put poursuivre son examen tout à loisir.

– Alors, questionna M. Boshoff, qu'est-ce qui ne va pas?

– Vos bronches sont très encombrées, répondit Jessica en se rasseyant derrière son bureau. Vous fumez?

– Oui, aboya-t-il.

– Combien de cigarettes par jour?

– Je... eh bien... je...

– Allons, monsieur Boshoff, avouez! Combien?

– Euh... près de soixante, reconnut-il à contre cœur avant d'ajouter rapidement : Mais ne me demandez pas d'arrêter.

– Ce n'est pas mon intention. Je vous prierai seulement d'avaler moins la fumée. C'est cela qui vous empoisonne. Je vais vous donner un médicament et j'aimerais vous revoir dans une semaine.

– Je préférerais consulter le docteur O'Brien ou le docteur Trafford.

– Libre à vous, murmura Jessica en rédigeant une ordonnance qu'elle lui tendit.

Une fois la porte refermée derrière lui, elle ne put s'empêcher de sourire. Décidément, dans ce métier, on avait toujours des surprises!

Quand elle eut vu le dernier malade de la matinée, elle remit sa trousse en ordre et la ferma. Elle avait voulu de la variété. Eh bien, elle était servie, se dit-elle avec une intense satisfaction.

Le bruit d'un pas ferme derrière elle la fit se retourner. Mark Trafford venait d'entrer dans son bureau et s'approchait lentement d'elle. Elle eut aussitôt une conscience aiguë de sa haute taille, de son visage admirablement dessiné et de ses yeux perçants qui semblaient voir au-delà des apparences. Il devait avoir trente-cinq ans environ.

— Grâce à cette vieille bourrique de James Boshoff, les présentations sont inutiles, fit-il remarquer en la détaillant sans vergogne de la tête aux pieds.

— Je vous remercie de votre aide, docteur Trafford, répondit-elle d'une voix un peu guindée qui ne lui était pas habituelle.

Il haussa négligemment les épaules.

— Oh, vous savez, j'aurai peut-être aussi besoin de vous un jour!

— A votre service, répliqua Jessica avec une certaine raideur, car elle se demandait si la phrase du médecin n'était pas à double sens.

— J'en prends bonne note, jeta-t-il aussitôt avec un sourire cynique qui la mit sur ses gardes.

Elle croisa son regard gris moqueur, essayant de se convaincre que cet homme n'était pas différent des autres. Vainement. Devant lui, si superbe, si masculin, elle se sentait étrangement vulnérable et féminine jusqu'au bout des ongles.

Par bonheur, Peter O'Brien surgit à ce moment-là, et la tension de Jessica se relâcha un peu.

— Je vois que vous avez fait connaissance de notre nouvelle collègue, mon cher Mark.

— En effet, acquiesça celui-ci avec légèreté.

— Parfait, reprit Peter. Tout s'est bien passé ce matin?

— Mais oui, assura Mark dont le sourire imperceptible rappela à la jeune fille ses ennuis avec le fermier récalcitrant.

– Pas d'appels, Miss Hansen? demanda Peter en voyant l'infirmière entrer dans le bureau pour reprendre les dossiers des clients.

– Aucun, répondit-elle. Vous pouvez tous aller déjeuner en paix.

– Il y a longtemps que cela ne s'était produit, soupira Mark avant d'ajouter en regardant Jessica dans le blanc des yeux : Voulez-vous vous joindre à moi?

« Attention, ne perdons pas notre sang-froid », songea-t-elle aussitôt.

– Vous voulez dire, pour déjeuner? demanda-t-elle avec une innocence affectée.

– Naturellement, répliqua-t-il sur un ton de défi.

– Non merci, déclina-t-elle le plus courtoisement du monde. Je n'ai pas encore tout à fait fini de m'installer.

– Dommage, laissa-t-il tomber avec un haussement d'épaules désinvolte. A tout à l'heure.

Il sortit de la pièce à longues foulées souples.

– Ah, ce docteur Trafford! commenta Emily Hansen après avoir entendu démarrer sa voiture. Il ne manque jamais une occasion de courir après un jupon. Mais cela ne l'empêche pas d'être un excellent médecin.

Peter O'Brien eut un sourire mi-figue, mi-raisin.

– Entre ma femme et vous, Miss Hansen, vous allez faire croire au docteur Neal que notre collègue est un bourreau des cœurs!

– Bourreau des cœurs... je n'en suis pas si certaine, rectifia Emily Hansen en rougissant. Disons pour être plus exact qu'il possède un indiscutable pouvoir de séduction. Ce n'est pas tout à fait pareil...

Jessica avait à peine avalé un sandwich et une tasse de thé que le téléphone sonna. Elle décrocha et reconnut aussitôt la voix d'Emily.

– Désolée d'interrompre votre déjeuner, docteur Neal,

mais le docteur Trafford est à l'hôpital et le docteur O'Brien est de permanence au cabinet cet après-midi.

– De quoi s'agit-il, Miss Hansen? demanda Jessica en s'emparant du crayon posé sur la petite table près d'un bloc-notes.

– Je viens de recevoir un appel de M. Delport. C'est un des plus gros négociants de la ville. Sa femme vient d'avoir un malaise et se plaint de souffrir le martyre.

– J'y pars tout de suite. Expliquez-moi où ils habitent.

– C'est très facile, vous verrez. Le magasin est dans la grand-rue, à côté de la librairie-papeterie Logan, au coin de la rue Krüger. Et l'entrée de la maison est dans cette petite rue.

Jessica n'eut en effet aucun mal à trouver. Dix minutes plus tard, elle était à l'endroit indiqué. Elle n'eut pas le temps de sonner qu'on lui ouvrit.

– Je suis le docteur Neal, monsieur Delport.

– Oui, oui, par ici, s'il vous plaît.

Jessica suivit dans le couloir la mince silhouette osseuse du maître de céans.

– Je l'ai forcée à se coucher et je lui ai préparé une bouillotte. Mais rien ne paraît la soulager.

Il fit signe à Jessica d'entrer dans une chambre où une femme replète aux cheveux gris était allongée sur un grand lit double à l'ancienne mode. Ses traits tirés d'une pâleur impressionnante trahissaient ses souffrances intolérables.

– Bonjour, madame Delport, sourit Jessica en déposant sa trousse sur une chaise au pied du lit. Je suis le docteur Neal.

– Vous n'avez pas l'air d'un médecin, murmura la femme avec un air bon enfant. Vous faites si jeune...

– Vous me permettrez quand même de vous examiner? demanda Jessica sans se formaliser.

28

– Tout ce que vous voulez, mon petit. Tout ce que vous voulez pourvu que vous puissiez me soulager.

Voyant hésiter l'homme grisonnant, Jessica lui dit gentiment :

– Vous pouvez rester si vous le désirez, monsieur Delport.

Après quoi, elle ausculta soigneusement la malade tout en lui posant de nombreuses questions.

– Y a-t-il longtemps que vous souffrez de ce mal, madame Delport?

– Tante Maria, rectifia la femme tandis que Jessica rabattait ses vêtements. Tout le monde ici m'appelle tante Maria, et mon mari, c'est oncle Hennie, ajouta-t-elle en indiquant l'homme assis gauchement au pied du lit. Cette douleur, je la sens depuis quelques semaines. Elle va et elle vient. Mais tout à l'heure, j'ai cru mourir!

– Vous n'avez pas eu l'idée de consulter un médecin?

– Oh, j'attribuais cela à une mauvaise digestion. Je ne me suis pas inquiétée outre mesure. Qu'est-ce qui ne va pas, mon petit? s'enquit-elle après un court silence.

– Je ne peux encore l'affirmer, tante Maria, mais cela m'a tout l'air d'être des calculs biliaires.

– Des calculs biliaires? proféra la malade avec dégoût. Mais où aurais-je attrapé cette saleté?

– Ils se forment dans la vésicule biliaire, tante Maria. Mais je ne veux pas vous importuner avec des détails médicaux. Je vais vous faire une piqûre calmante. J'aimerais vous hospitaliser pour quelques jours.

– M'hospitaliser? protesta vigoureusement tante Maria, tandis que Jessica lui enfonçait prestement une aiguille dans la fesse.

– Oui, il faut vous faire faire des radiographies. Si mon diagnostic est exact, nous verrons ensuite ce qu'il y aura lieu de faire.

– Mais je ne veux pas aller à l'hôpital, docteur, voyons! Que deviendrait Hennie si je le laissais seul?

– Je me débrouillerai bien, Maria, assura oncle Hennie qui n'avait pas encore ouvert la bouche. C'est entendu, docteur, je l'emmène tout de suite à l'hôpital.

Jessica hocha la tête.

– En attendant, je vais prévenir le bureau des admissions.

Elle se glissa au volant de sa petite Alfa couleur pain brûlé et se trouva confrontée à un problème. Où était l'hôpital? Elle savait par Emily Hansen qu'il y avait trois immeubles visibles à Louisville, la cathédrale, le lycée et l'hôpital. Par bonheur, il ne manquait pas de panneaux indicateurs, et dix minutes plus tard, Jessica entrait dans le bâtiment climatisé entouré de flamboyants, de pins immenses et de micocouliers aux troncs gris pâle jetant leur ombre légère sur les pelouses bien entretenues.

Arrivée là, elle hésita de nouveau. Elle n'avait guère eu jusqu'ici de rapports avec l'administration d'un hôpital. Comment procédait-on?

– Tiens, tiens, quelle bonne surprise! fit la voix moqueuse de Mark Trafford derrière elle.

Pour la troisième fois de la journée, elle se retrouvait en face de cet homme qui avait le don de la décontenancer.

– Vous me paraissez un peu perdue... Je me trompe?

– A vrai dire, non... avoua-t-elle. Quelle est la procédure à suivre pour faire admettre une malade que je voudrais faire radiographier le plus vite possible?

– Suivez-moi, docteur Neal, dit-il en la précédant dans un immense couloir sur lequel ouvraient les portes des bureaux. Qui est votre malade?

– Mme Delport.

– Tante Maria? se récria-t-il avec surprise. Mais elle a toujours eu une santé de fer. Que peut-elle bien avoir?

– Coliques hépatiques, je crois.

– Hum, hum... ennuyeux, cela, marmonna-t-il en s'arrêtant devant une porte avec le panneau « Admissions ». En êtes-vous certaine?

– Certaine à quatre-vingt-dix-neuf pour cent, rétorqua Jessica. Douteriez-vous de mon diagnostic, docteur Trafford?

– Loin de moi cette audace, docteur Neal, mais il pourrait s'agir de simples troubles digestifs.

– Ce n'est certainement pas le cas, rétorqua-t-elle avec exaspération avant d'entrer dans le bureau et de lui fermer la porte au nez.

Une fois tout organisé avec le bureau des admissions, Jessica se dirigeait vers le parking lorsqu'elle s'entendit appeler par une voix maintenant familière. Avec un soupir agacé, elle se retourna.

– Docteur Neal, si vous voulez bien faire le pigeon-voyageur, puis-je vous confier ces radios pour Peter? Il est pressé de les avoir.

– Avec plaisir, docteur Trafford.

– Oh, et puis... ajouta-t-il après lui avoir tendu l'enveloppe de papier kraft, si vous avez besoin d'un avis sur tante Maria, je suis à votre disposition.

Jessica se raidit et lui répondit d'un ton glacial :

– C'est très aimable de votre part, mais il se trouve que je n'ai aucun doute sur ce cas précis.

– La confiance professionnelle parle par votre bouche, ironisa-t-il.

– Comment mes malades se fieraient-ils à mon jugement, riposta-t-elle avec colère, si je manquais de confiance en moi?

– Ouais... ce point de vue se défend...

– C'est tout ce que aviez à me dire? demanda-t-elle en s'efforçant de dissimuler son irritation.

– Oui, à moins que vous ne consentiez à dîner avec moi ce soir.

Abasourdie, elle resta sans voix pendant quelques

secondes. Puis elle se ressaisit et lui répliqua sur un ton doucereux :

— Je ne doute pas que vous puissiez trouver quelqu'un de plus amusant pour occuper votre temps libre, docteur Trafford!

— Je n'en doute pas non plus! assura-t-il avec ironie avant de la quitter.

Elle remonta en voiture avec l'impression désagréable d'avoir été taxée de lâcheté par ce trop séduisant médecin.

Au cabinet de consultation, le défilé ne cessa de tout l'après-midi.

Une des clientes se détacha toutefois du lot. Un coup d'œil sur son dossier avait appris à Jessica qu'elle se nommait Olivia King et qu'elle avait vingt-neuf ans. En la voyant entrer dans son cabinet, le jeune médecin ne put s'empêcher de la dévisager avec intérêt.

Olivia King n'était pas plus grande que Jessica. Elle était enceinte, et manifestement très près de son terme. D'épais cheveux brun roux tombaient librement sur ses épaules et encadraient à ravir son joli visage expressif. Son beau regard gris et sa bouche large indiquaient une nature tendre et généreuse. Son sourire amical était si contagieux que Jessica le lui rendit sans hésitation.

— Bonjour, madame King. Voulez-vous vous asseoir?

— Merci, répondit Olivia King en se laissant tomber sur une chaise avec un soupir de soulagement.

— D'après votre dossier, vous êtes cliente du docteur O'Brien, fit observer Jessica.

— C'est exact, reconnut Olivia avec un regard espiègle. Ayant appris que son nouvel assistant était une femme, je lui ai avoué préférer me remettre désormais entre vos mains.

— Vous m'en voyez très flattée, madame.

— Flattée? s'étonna sa jeune cliente.

– La plupart des malades que j'ai vus jusqu'ici m'ont paru légèrement réticents à se faire soigner par une femme. Je rencontre enfin quelqu'un qui a demandé à me consulter. C'est réconfortant!

– A dire vrai, avoua Olivia King, votre arrivée m'a donné l'excuse dont j'avais besoin.

– Je ne comprends pas très bien, fit Jessica avec un froncement de sourcils. On est tout de même libre de changer de médecin!

– L'épouse de Peter O'Brien se trouve être la sœur de mon mari, expliqua Olivia. Vous voyez... c'était délicat...

– Oui, évidemment, acquiesça le médecin. Êtes-vous là pour un bilan?

– Oui.

– En ce cas, voulez-vous vous déshabiller? Je reviens dans quelques minutes pour vous examiner.

Jessica passa dans la pièce à côté où elle pansa le doigt profondément entaillé d'un petit garçon. A son retour, elle retrouva Olivia qui l'attendait patiemment.

– Vous n'en avez plus pour très longtemps, à mon avis, déclara Jessica. Une quinzaine de jours tout au plus.

– Je l'espère bien, soupira Olivia, tandis que Jessica l'aidait à descendre de la table d'examen.

Après avoir complété son dossier, Jessica leva les yeux sur la jolie jeune femme qui lui faisait face.

– C'est votre premier enfant, fit-elle sur le ton de la conversation. Vous devez être dans la joie?

– Oh oui, approuva Olivia, mais je suis un peu inquiète.

– Vous n'avez aucune raison de l'être.

– Peter me l'a dit cent fois, mais c'est plus fort que moi. J'ai presque trente ans, et on entend raconter tellement d'histoires sur les accouchements qui tournent mal!

– On se demande vraiment pourquoi les gens prennent un malin plaisir à effrayer leur prochain!

— Sans doute parce qu'ils trouvent des sottes comme moi pour leur prêter attention! rétorqua Olivia en plaisantant. Je désire tant ce bébé!

— C'est bien normal!

— Ce sera un lien de plus entre nous. Vous comprenez... Quand je l'ai rencontré, mon mari était veuf avec une petite fille de dix ans. Nous sommes très proches les uns des autres, mais cet enfant nous unira plus étroitement encore.

— Votre belle-fille... euh... quel est son nom?

— Frances?

— Frances se réjouit-elle d'avoir un petit frère ou une petite sœur?

— Follement, répliqua Olivia. C'est même une des raisons pour lesquelles je crains tellement que les choses ne se passent mal. La déception serait atroce.

— Je vous le répète, déclara Jessica en regardant sa cliente avec un bon sourire, vous n'avez pas à vous tourmenter. Vous êtes petite, comme moi d'ailleurs, mais vous avez le bassin large. De plus, je vous créditerais volontiers d'une énergie peu commune.

— Rien que de vous avoir parlé, je me sens déjà mieux! J'espère que vous viendrez bientôt nous rendre visite à « Bellevue », mais en amie...

— C'est très aimable de votre part, madame King.

— Je m'appelle Olivia, annonça la jeune femme avec un sourire plein de chaleur. Comme Vivien me l'a dit un jour peu après mon arrivée à Louisville, nous sommes tous ici comme une grande famille. C'est vrai, vous savez, et vous en faites déjà partie.

— Merci, Olivia, murmura le jeune médecin. Appelez-moi Jessica.

— J'espère de tout cœur que vous vous plairez parmi nous, Jessica, lança Olivia en se levant. Maintenant, il faut que je m'en aille.

– J'aimerais vous revoir dans une semaine, indiqua Jessica.

– Entendu, et merci d'avoir bien voulu m'écouter.

– Cela fait partie de notre métier, vous savez.

La porte refermée derrière la jeune femme, Jessica resta un moment songeuse. Cette Olivia était une créature exquise, pleine de charme et de générosité, et Jessica remerciait sa bonne étoile de la lui avoir fait rencontrer.

3

Ce soir-là, après dîner, Jessica se rendit à l'hôpital pour voir tante Maria. Elle trouva celle-ci adossée à ses oreillers, attendant la visite de son mari.

– Bonsoir, mon petit, dit tante Maria. Quel est votre prénom?

– Jessica.

– Eh bien, Jessica, écoutez-moi, commença la vieille dame avec un soupçon d'irritation dans la voix. Je n'ai plus mal. Ne pourrais-je pas retourner chez moi?

– Il n'en est pas question, tante Maria, déclara Jessica en secouant la tête. Vous ne souffrez plus parce que je vous ai administré des calmants. Et puis, n'oubliez pas qu'on doit vous radiographier demain.

– Ah, je vous connais, vous les docteurs! grommela tante Maria. Vous ne me laisserez pas sortir de cet hôpital sans m'avoir donné quelques coups de bistouri!

– Si nous devons opérer, ce sera pour votre bien.

– Je sais, petite. Si je grogne, c'est parce que je me fais du souci pour mon homme. Il me manque.

– Vous lui manquez certainement aussi, répondit gentiment Jessica. Mais la séparation ne sera pas longue.

– Tiens, tiens, lança tante Maria en regardant par-dessus l'épaule de Jessica, voici ce gentil docteur Trafford. N'est-il pas bel homme?

Jessica se raidit instinctivement.

– Si on veut, laissa-t-elle tomber du bout des lèvres.

– Si on veut quoi? répéta la voix moqueuse du médecin qui s'installa de l'autre côté du lit.

– Nous avions une conversation privée, répliqua vivement Jessica sans laisser à tante Maria le temps de répondre.

– Ah, c'est comme ça, on me fait des secrets? Tante Maria, vous me raconterez tout dès que le docteur Neal aura le dos tourné, n'est-ce pas?

– Je ne vous raconterai rien du tout, espèce de vaurien, déclara tante Maria avec une sévérité que démentait son sourire pétillant.

– Vous n'avez pas honte de me traiter de tous les noms! fit Mark Trafford en prenant l'air offensé.

– Vous mériteriez une bonne correction! lança tante Maria en riant. Quand vous déciderez-vous donc à vous trouver une gentille petite épouse et à mener enfin une vie rangée?

Mark Trafford eut un sourire cynique.

– Découvrez-moi un trésor de femme comme vous, tante Maria, et je l'épouse sur-le-champ!

– Ne comptez pas sur moi! protesta la malade avec indignation. Vous êtes assez grand pour en chercher une tout seul, mais vous n'en rencontrerez pas tant que vous regarderez dans la mauvaise direction.

L'allusion à sa maîtresse était claire. Jessica retint son souffle. Mark Trafford se contenta de rire.

– Et si cette mauvaise direction me convient?

– En ce cas, je vous plains! lui jeta sèchement tante Maria.

– Je ne sais vraiment pas pourquoi je vous laisse me parler sur ce ton...

– Mais si, vous le savez très bien... Je pourrais être votre mère, docteur, et puis... je vous aime bien malgré tous vos défauts!

Jessica commençait à se sentir de trop.

– Je vous reverrai demain, tante Maria, intervint-elle en se raclant la gorge.

– Entendu, Jessica.

– Attendez-moi une minute, docteur Neal, fit la voix autoritaire de son confrère.

Quelques minutes plus tard, tandis qu'ils se préparaient à prendre l'ascenseur, Mark jeta sur Jessica un regard interrogateur.

– Le café de la cantine est excellent, vous savez.

– Je n'en doute pas, répondit-elle. Mais il est tard et je préfère rentrer chez moi.

– Quelle bonne idée! approuva-t-il avec un air machiavélique qui lui fit battre le cœur. Je suis certain que le vôtre est encore meilleur.

– Ce n'était pas une invitation.

– Je m'invite. Cela revient au même.

– Si vous croyez que... commença-t-elle en levant sur lui des yeux noirs de colère.

– Je vous suivrai dans ma voiture, coupa-t-il, et surtout n'allez pas trop vite. On est très strict à Louisville sur les limitations de vitesse.

Il se dirigea vers sa Mustang rouge tandis que Jessica, folle de rage, se glissait derrière le volant de son Alfa. « Où cela va-t-il nous mener? se demandait-elle en passant la première. Si cet individu a l'intention de me faire la cour pendant que sa petite amie a le dos tourné, il se fait des illusions. »

Mark Trafford la suivit jusqu'à la chaumière. Il y entra sur ses talons comme s'il avait craint de se voir claquer la porte au nez. Déconcertée par sa présence et vaguement inquiète de son assurance, Jessica était cependant bien décidée à ne pas se laisser intimider par lui.

– C'est gentil chez vous, observa-t-il en pénétrant dans la cuisine. Savez-vous que c'était le cabinet de consultation de Peter à son arrivée à Louisville?

– Oui. Vivien m'en a parlé, répondit Jessica en branchant la bouilloire électrique d'une main mal assurée.

– Ah, Vivien... fit-il sur un ton sardonique. Cette charmante femme ne m'apprécie guère!

– Vous savez très bien pourquoi, répliqua Jessica sans se retourner.

– C'est une pierre dans mon jardin, n'est-ce pas?

– Comment aimez-vous votre café? demanda-t-elle en détournant prudemment la conversation.

– Fort, noir et sans sucre.

Il était derrière elle tandis qu'elle débranchait la bouilloire et versait l'eau bouillante dans les tasses.

– Vous n'avez pas répondu à ma question...

– Votre vie privée ne me regarde pas, docteur Trafford.

Les doigts du médecin glissèrent de son épaule à sa nuque, lui envoyant dans tout le corps une sorte de décharge électrique.

– Si vous le vouliez, Jessica, elle vous regarderait..., murmura-t-il d'une voix caressante.

Gardant tout son sang-froid, Jessica pivota brusquement et lui tendit sa tasse.

– Buvez votre café, docteur Trafford, fit-elle d'un ton indifférent. Ensuite, je vous prierai de partir.

– Pourquoi?

– J'aimerais aller me coucher.

– Moi aussi.

Elle eut un sursaut en le voyant prendre place à table comme s'il avait l'intention d'y passer la nuit.

– Vous ne trouvez plus rien à dire? ironisa-t-il.

– Votre remarque ne mérite aucune réponse, répliqua-t-elle en s'emparant de sa propre tasse avec une désinvolture affectée.

Elle n'avait pas encore eu le temps de s'asseoir que le téléphone sonna. Elle s'en fut décrocher, assez soulagée par cette interruption. C'était pour Mark.

– C'est pour vous, annonça-t-elle en revenant à la cuisine.

Par la porte restée entrouverte, elle entendait des fragments de conversation...

– Oui?... Oui?... Transportez-le tout de suite au bloc et préparez-le. Je vous rejoins aussi vite que possible.

Quelques secondes plus tard, il était de retour.

– Un gamin a avalé un os de poulet. Si vous voulez m'accompagner, ce sera une bonne occasion de vous familiariser avec la salle d'opération.

A la place du Don Juan qu'elle connaissait, Jessica découvrait un médecin compétent et décidé. Un peu médusée, elle s'empara de ses clefs de voiture et le suivit, laissant les deux tasses encore pleines sur la table de la cuisine.

Une demi-heure plus tard, elle observait avec une admiration grandissante l'habileté avec laquelle le médecin retirait le petit os dangereusement coincé dans la trachée de l'enfant. Manifestement, Mark Trafford était un remarquable chirurgien, et Jessica commençait à comprendre pourquoi la plupart des gens avaient tendance à fermer les yeux sur ses écarts de conduite.

Jessica fixa les radios sur le négatoscope qu'elle alluma. Elle recula pour mieux les examiner. Les cailloux étaient là, bien visibles, bloquant le canal biliaire. Les mains dans les poches, elle les regardait pensivement en songeant à la plaisanterie de tante Maria : « Ah, je vous connais, vous les docteurs! Vous ne me laisserez pas sortir de cet hôpital sans m'avoir donné quelques coups de bistouri! »

Cette charmante vieille dame ne croyait pas si bien dire. Elle allait devoir passer sur la table d'opération dans les plus brefs délais!

– Bonjour.

La jeune fille sursauta. Ce Mark Trafford avait une de ces façons déplaisante de surgir au moment où on l'attendait le moins! Elle lui jeta un regard torve qu'il ne remarqua même pas. Il était en arrêt devant les radios.

– La vésicule de tante Maria?

– Exact.

– Puis-je vous complimenter sur la précision de votre diagnostic?

– Merci, docteur Trafford, fit-elle calmement.

– Voulez-vous que je me charge de l'opération?

– Pourquoi donc? lança-t-elle sur un ton sarcastique. J'en suis parfaitement capable. Mais si vous avez le moindre doute, je ne vous empêche pas de me seconder.

– C'est ce que je ferai, et avec plaisir. Quand allez-vous le lui annoncer?

– J'irai la voir à l'heure du déjeuner, répondit Jessica en remettant les radios dans leur enveloppe. Elle ne va pas être très heureuse, je le crains...

– Tante Maria est une femme pleine de bon sens. Elle saura se montrer raisonnable.

– Je l'espère, acquiesça, songeuse, la jeune fille. En tout cas, rien ne sert d'attendre. Ce serait reculer pour mieux sauter.

– Vous avez raison, approuva Mark. Tenez-moi au courant, voulez-vous?

– Entendu, promit Jessica.

Un quart d'heure après, elle se trouvait au chevet de tante Maria. Évidemment, l'idée de l'opération n'avait rien pour réjouir la vieille dame, mais, comme Mark l'avait prévu, elle prit la chose avec une certaine philosophie.

– S'il faut m'opérer, petite, je serais stupide de m'y opposer. Mais j'aimerais savoir... euh... quand vous comptez le faire?

– Très vite, assura Jessica. Demain même, si possible.

– Bien, bien, fit tante Maria avec une grimace. Enfin... plus tôt ce sera fait et plus tôt je serai de retour chez moi...

Il y eut un petit silence embarrassé que Jessica mit à profit pour admirer le superbe vase de chrysanthèmes posé sur la table de chevet de la patiente.

– C'est Olivia qui me les a apportés ce matin.

– Olivia King?

Tante Maria fit un signe de tête affirmatif.

– N'est-elle pas adorable? Ah, je n'oublierai jamais son mariage avec Bernard King. C'était impressionnant!

– C'était sans doute une belle cérémonie? s'enquit Jessica avec curiosité.

– Ah, petite, s'exclama tante Maria en joignant les mains sur sa vaste poitrine, l'église était pleine à craquer! Tous n'étaient pas invités, bien sûr, mais tous avaient voulu y assister. Il n'y a pas une femme qui n'ait versé ce jour-là une larme d'émotion à la vue d'Olivia entrant dans la nef au bras de Peter O'Brien.

– Vous aimez beaucoup Olivia, n'est-ce pas? reprit Jessica, heureuse de voir sa malade ne pas s'appesantir sur son opération imminente.

– Oui, beaucoup, répéta pensivement tante Maria. La papeterie Logan lui appartient. Avant d'épouser Bernard, elle habitait l'appartement situé au-dessus de la boutique. Il y a maintenant trois ans de cela. Mais j'ai l'impression que c'était hier qu'Olivia est arrivée dans notre ville... petite créature menue et inquiète...

– Elle m'a demandé de procéder à son accouchement, dit Jessica. Vous en a-t-elle parlé?

– Oui, répondit tante Maria en observant Jessica d'un regard aigu. Vous êtes aussi petite et mince qu'elle... A propos, ajouta-t-elle avec une certaine sévérité, pourquoi n'êtes-vous pas mariée?

– Je n'ai pas encore eu le temps d'y songer, rétorqua Jessica en réprimant un sourire.

– Sottises! On a toujours le temps de penser au mariage!

– Faut-il encore avoir rencontré l'homme de sa vie!

– Comment savez-vous que vous ne l'avez pas déjà trouvé?

– Il me semble que je serais la première prévenue, ironisa la jeune fille.

– C'est ce qui vous trompe, protesta tante Maria. On imagine parfois qu'un homme n'est pas fait pour soi. Et puis, quand on le connaît mieux, on s'aperçoit du contraire...

Jessica avait l'impression d'entendre sa propre mère. Un peu embarrassée, elle répliqua :

– Celui que j'épouserai devra partager les mêmes intérêts, les...

– Comme Mark Trafford, par exemple? voulut savoir tante Maria.

– Ah non, pas comme lui! s'écria vivement Jessica.

– Il ferait certainement un bon mari si seulement il pouvait tomber sur la femme qu'il lui fallait!

– En tout cas, ce ne sera pas moi, je vous le garantis! décréta Jessica sur un ton définitif. Tante Maria, vous devriez vous reposer un peu avant l'heure des visites.

Mark Trafford! De la graine de bon époux! Allons donc! Elle ne se sentait rien de commun avec cet individu qui regardait toutes les femmes comme des maîtresses en puissance!

Mieux valait oublier ce déplaisant personnage et se concentrer sur l'opération de tante Maria. Oui, mais... justement, Mark Trafford l'assisterait, et elle se doutait bien qu'il ne se gênerait pas pour la critiquer.

Jessica ne s'était pas trompée. Lorsqu'elle croisa le

regard de Mark par-dessus la table d'opération, elle se sentit jaugée sans indulgence. Pourtant, dans son « américaine » stérile et derrière le masque couvrant son nez et sa bouche, il ressemblait à n'importe qui. La jeune fille s'efforça en vain de l'ignorer. Elle avait l'impression d'être une débutante sur le point d'opérer sous le regard attentif de son professeur.

Quand l'anesthésiste donna le signal, Jessica tendit la main en faisant une petite prière silencieuse. Dès l'instant où le premier instrument fut posé sur sa paume gantée de caoutchouc, elle retrouva miraculeusement toute son assurance. Mark Trafford était toujours là, certes, mais il ne l'intimidait plus. Avec précision et rapidité, elle procéda à l'intervention.

— Bon travail, docteur Neal, fit remarquer son confrère, une fois l'opération terminée.

Ils s'étaient débarrassés de leurs tenues opératoires et buvaient une tasse de thé dans la salle de repos des médecins proche du bloc. Un peu étonnée du compliment, Jessica leva les yeux sur Mark, mais ce qui suivit lui fit l'effet d'une douche froide.

— Je dois reconnaître que les femmes savent mieux recoudre un opéré que les hommes. Mais ces travaux d'aiguille ne sont-ils pas l'apanage de votre sexe?

— Est-ce à dire que vous n'approuvez pas ma façon d'opérer? demanda posément Jessica.

— Il vous reste encore des progrès à faire...

— Merci, docteur Trafford, riposta-t-elle sur un ton sarcastique. On n'est pas plus encourageant.

— Je ne veux pas dire que les femmes ne font pas d'excellents chirurgiens, mais elles ont la fâcheuse tendance à prendre trop à cœur leurs relations avec les malades. Cela fausse leur jugement. Dans le travail, c'est même une véritable entrave.

— Vous le pensez vraiment?

45

– L'expérience le prouve. Ainsi, avouez que vous répugniez à ouvrir tante Maria.

– Votre point de vue sur les femmes médecins est complètement erroné. Mais je reconnais détester opérer quelqu'un à moins de nécessité absolue. J'ai rencontré assez de victimes de chirurgiens au bistouri trop facile!

– Je ne vous contredirai pas sur ce point, mais nous parlions de vos aptitudes en tant que chirurgien.

Avec un soupir, Jessica reposa sa tasse sur le plateau.

– Je sens que vous allez me faire un cours magistral sur la meilleure façon de procéder.

– Pas du tout. Votre technique est irréprochable.

– Vraiment? Alors...?

– C'est votre manière d'aborder une opération qui me gêne chez vous.

– Et nous voici revenus au point de départ, soupira-t-elle. Si j'ai bien compris votre pensée, mon approche de la chirurgie est trop féminine, trop sentimentale.

– Exactement.

– Je ne suis pas d'accord, et rien ne changera le fait que je sois femme, déclara-t-elle en se levant dans l'espoir de mettre fin à cette conversation.

Mais Mark n'en avait pas terminé avec elle.

– Loin de moi l'idée de vouloir vous changer. J'apprécie trop votre côté féminin...

La sensualité inattendue de sa voix bouleversa Jessica plus sûrement qu'une caresse. Un curieux frisson la parcourut.

– Je vais jeter un coup d'œil sur tante Maria, annonça-t-elle en s'efforçant de reprendre son sang-froid sous le regard scrutateur de son confrère.

– Le fait que je vous considère comme une femme plutôt que comme un médecin vous trouble-t-il?

– Moi? Absolument pas! prétendit-elle. Ma mère serait

risée d'apprendre que ce métier ne m'a pas fait perdre
toute féminité!

En deux secondes, il fut près d'elle et ses doigts d'acier
se refermèrent sur son mince poignet. Elle s'immobilisa,
bien décidée à garder son calme, malgré l'étrange émotion
que faisait naître le contact de cette main masculine.

– Vous n'avez qu'un mot à dire pour que je vous prouve
quel point vous êtes féminine.

– Je ne doute pas de vos aptitudes, répliqua-t-elle avec
une désinvolture affectée tout en se dégageant, mais je n'ai
aucune envie de les tester. Je laisse cela à d'autres.

D'un pas rapide, elle se dirigea vers la salle où se
trouvait tante Maria. Elle était furieuse contre elle-même.
Elle, qui avait toujours été si fière de sa maîtrise de soi,
s'était laissée surprendre. Ce diable de Mark Trafford
connaissait bien les femmes, et il avait parfaitement
conscience d'avoir troublé la jeune fille. A l'avenir, celle-ci
devrait s'efforcer de l'éviter. Mais comment concilier ce
souhait avec le fait qu'ils étaient appelés à travailler en
équipe?

Jessica était à Louisville depuis une semaine lorsque
James Boshoff entra dans son bureau en fin d'après-
midi.

– Bonjour, monsieur Boshoff, dit-elle poliment. Vous
deviez consulter l'un de mes deux confrères, me semble-
-il...

– Eh bien, je... euh...

D'un air penaud, il baissa les yeux.

– A vrai dire, votre médicament m'a fait le plus grand
bien, et je fume beaucoup moins.

– Vous m'en voyez très heureuse, répondit Jessica en lui
faisant signe de s'asseoir.

Il y eut un petit silence embarrassé.

– Maria Delport ne parle que de vous, déclara-t-il enfin

après s'être raclé la gorge. Elle vous porte aux nues.

— Tante Maria s'est montrée une très bonne malade, souligna Jessica.

Ainsi la vieille dame lui avait fait une publicité efficace parmi les gens du pays...

— Pourriez-vous m'examiner de nouveau, docteur?

— Volontiers, monsieur Boshoff.

L'examen ne prit pas longtemps. En voyant le médecin reposer son stéthoscope sur le bureau, le fermier demanda avec inquiétude :

— Je vais mieux, docteur, n'est-ce pas?

— Oui, monsieur Boshoff. Vos bronches sont moins encombrées. Continuez le même traitement. Et si vous pouvez réduire encore un peu votre quantité de cigarettes, je ne vois pas de raison pour que cette toux ne cesse pas complètement.

— Merci, docteur, dit-il sans pouvoir cacher l'admiration qui le submergeait. Souhaitez-vous me revoir?

— Seulement dans le cas où il n'y aurait pas de progrès.

— Au revoir, docteur Neal, fit-il en souriant de toutes ses dents.

Une fois seule, la jeune fille eut du mal à ne pas éclater de rire. Décidément, la transformation du personnage était spectaculaire!

— Alors, ce vieux fou est revenu, attiré par votre charme?

A la vue de Mark Trafford, Jessica fut frappée une fois de plus par l'intense virilité que dégageait sa silhouette athlétique. L'ennui était qu'elle trouvait de plus en plus difficile d'observer ce bel échantillon du genre humain d'un simple point de vue clinique...

— Après tout, commenta-t-elle avec un petit sourire, M. Boshoff a dû se rendre compte que je n'étais pas si mauvais médecin.

– A la place de James Boshoff, ce ne sont pas vos compétences professionnelles qui m'auraient poussé à revenir vous voir...

Sa voix sensuelle pleine de sous-entendus ramena la jeune fille à la raison. Son sourire se figea sur ses lèvres et, se levant brusquement, elle annonça :

– Je rentre chez moi.

– Pas si vite, Jessica! Nous venons de recevoir un appel d'un fermier du district. Un ouvrier agricole s'est blessé. Ils préfèrent ne pas le bouger de peur d'aggraver ses blessures. Peter estime que vous devriez m'accompagner. Ce serait pour vous une occasion de visiter un peu les environs de Louisville.

Envolé l'espoir de passer une soirée tranquille chez elle! En soupirant intérieurement, Jessica ôta sa blouse blanche et glissa son stéthoscope dans sa trousse.

– Je suis prête, docteur Trafford.

– Nous prendrons ma voiture, l'informa-t-il sur un ton sec.

Dix minutes plus tard, la Mustang rouge soulevait des nuages de poussière ocre sur la route sinuant au milieu de la brousse. Jessica écoutait Mark lui expliquer la topographie de la région. En chemin, il lui indiqua du doigt plusieurs fermes.

– Le plus riche éleveur du district est bien entendu le frère de Vivien O'Brien, Bernard King, mais sa propriété se trouve au nord de Louisville. Dans cette région, on ne le connaît que sous le sobriquet de « Roi du Bétail ».

Jessica ne fit pas de commentaires. Mais elle s'émerveillait de voir que Vivien comme Olivia avaient su rester modestes et charmantes.

Mark obliqua sur un chemin de terre plein de nids-de-poule et freina près d'un hangar. Il y eut un mouvement dans le groupe d'ouvriers agglutinés autour du blessé. Un fermier solidement charpenté se détacha du cercle des visages noirs pour exposer en quelques mots ce qui s'était produit. L'ouvrier avait glissé du toit du hangar.

Profitant d'un reste de jour, Mark et Jessica examinèrent l'homme inconscient. L'urgence les avait rapprochés. Ils travaillaient en équipe et se comprenaient à demi-mot.

— Appelez l'hôpital, finit par dire Mark. Demandez-leur d'envoyer une ambulance et expliquez ce dont il s'agit.

Le fermier entraîna Jessica dans la maison. Par bonheur, elle obtint très vite la communication.

Les blessures de l'ouvrier étaient certainement graves. Le premier examen faisait craindre des fractures de plusieurs vertèbres qui comprimaient dangereusement la moelle épinière, au risque de la sectionner. A voir le visage sombre de Mark, Jessica devinait que son diagnostic rejoignait le sien.

L'ambulance arriva au moment où le crépuscule s'épaississait. Le blessé y fut transporté avec les plus grandes précautions tandis que les ouvriers se dispersaient en silence.

— Sauriez-vous ramener ma voiture en ville? s'enquit Mark.

Jessica fit un signe de tête affirmatif et prit le trousseau de clefs tendu par le médecin.

— Je vous retrouve à l'hôpital, ajouta celui-ci en montant dans le véhicule dont les portes se refermèrent aussitôt.

Jessica suivit donc l'ambulance dans la Mustang. C'était merveilleux de conduire une voiture aussi puissante. Les étoiles brillaient dans un ciel de velours, mais elle n'eut guère le loisir d'apprécier la splendeur de cette nuit tropicale.

Une fois garée sur le parking, elle se précipita à l'intérieur de l'hôpital.

— Comment a-t-il supporté le trajet? demanda-t-elle à Mark.

– Bien, dit celui-ci. Ces nouveaux brancards gonflables évitent la plupart des cahots. Pour l'instant, il est en salle de radiographie.

– Quel est votre avis, docteur?

– Avec beaucoup de soins, il sera peut-être sur pied dans quelques mois... Qu'en pensez-vous?

– En tout cas, il a eu de la chance que personne ne l'ait déplacé jusqu'à notre arrivée.

– Oui, approuva Mark. Dans ces cas-là, la moindre manœuvre est affreusement dangereuse... Les radios vont prendre un certain temps. Voulez-vous boire une tasse de café à la cantine avec moi?

– Je n'ai guère le choix...

– Vous préféreriez peut-être aller à pied jusqu'au cabinet pour récupérer votre voiture?

– Je vous accompagne, céda-t-elle avec un soupir résigné.

– Je savais bien que vous finiriez par accepter, ironisa-t-il en la prenant par le bras pour l'entraîner vers le réfectoire.

Une fois de plus, elle eut une conscience aiguë du magnétisme physique du médecin. Elle commençait à redouter la présence de cet homme qui avait sur elle un effet aussi dévastateur.

4

– Si mes souvenirs sont exacts, observa Mark Trafford une fois assis devant une tasse fumante, la dernière fois que nous avons pris le café ensemble, nous n'avons pu en boire une seule goutte!

– Espérons que nous pourrons finir celui-ci avant d'être appelés! lança Jessica avec un sourire un peu contraint. J'en ai bien besoin!

– Moi aussi, soupira-t-il, les traits tirés par la fatigue.

Après avoir bu quelques gorgées du breuvage odorant, il demanda :

– Qu'est-ce qui vous a poussée à faire votre médecine, Jessica?

– Je ne sais pas vraiment, fit-elle sur un ton évasif.

– Personnellement, c'est la vue de mes parents mourants, abattus par des terroristes dans notre ferme de Zimbabwe, qui m'a conduit à cette décision. Si j'avais possédé à l'époque mes connaissances actuelles, j'aurais pu les sauver. A cette période-là, je faisais ma pharmacie. J'ai aussitôt bifurqué.

Un silence tomba. Jessica sentait inutile de lui témoigner sa sympatnie. Il ne l'aurait sans doute pas appréciée.

– Ce devait être au début des troubles en Rhodésie, n'est-ce pas?

– Si vous essayez de calculer mon âge, je vais vous éviter ce casse-tête, dit-il railleusement, j'ai trente-cinq ans.

– Mais je... commença-t-elle en rougissant.

– Inutile de vous défendre! C'était écrit sur votre visage. Maintenant que vous connaissez les raisons qui m'ont poussé vers la médecine, pourquoi ne pas me dire les vôtres?

– J'ai toujours voulu être médecin, répondit Jessica en se gardant bien de lui parler de son père.

– Vous n'avez jamais envisagé d'autre carrière? s'étonna-t-il.

– Celle-ci me convient tout à fait.

– J'ai une petite idée sur ce qui vous conviendrait admirablement à l'heure actuelle. Et point n'est besoin d'être grand clerc pour cela.

– Vos suggestions ne m'intéressent pas, répliqua-t-elle sur un ton sarcastique. Je crains toutefois que vous ne teniez à m'en faire part à tout prix.

– Et vous ne vous trompez pas, affirma-t-il en la regardant dans le blanc des yeux. Ce qui vous ferait le plus grand bien, c'est une gentille petite liaison...

Du regard il caressait effrontément les courbes harmonieuses de son corps, révélées par la blouse de soie.

– Une liaison... avec vous, je suppose? questionna-t-elle d'une voix légèrement essoufflée.

– Je suis enchanté de me voir compris à demi-mot.

– Ce n'était pas bien compliqué, rétorqua-t-elle avec colère. Allez-vous continuer longtemps encore à me débiter ce genre d'insanités?

– Le docteur Trafford est demandé aux Urgences. Le docteur Trafford est dem... hurla le haut-parleur.

Ils se levèrent aussitôt.

– Quel dommage de ne pouvoir poursuivre cette intéressante conversation, persifla-t-il.

Elle lui jeta un coup d'œil chargé de mépris qui ne parut pas l'émouvoir le moins du monde.

Les radios confirmèrent leurs soupçons.

– Il y a un neurochirurgien à Louis-Trichardt, annonça Mark. Je l'appellerai demain à la première heure.

Il était très tard lorsque le médecin gara sa voiture derrière celle de Jessica.

– Bonsoir, Jessica, lança-t-il avec son expression ironique habituelle. Puis-je vous souhaiter une nuit paisible seule dans votre petit lit...?

– Franchement, riposta-t-elle avec raideur, je préfère dormir seule.

– Vous ne savez pas ce que vous manquez, docteur Neal!

– Je ne veux pas le savoir, répliqua-t-elle en descendant de la Mustang.

– Vous finirez bien par changer d'avis...

– Bonsoir, docteur Trafford, fit-elle sèchement, et merci de m'avoir accompagnée.

« En tout cas, ce n'est sûrement pas lui qui me ferait revenir sur ma position! » songea-t-elle rageusement tout en regardant s'éloigner le coupé rouge.

Jamais elle n'avait rencontré un être aussi exaspérant et aussi content de lui. Le drame était qu'elle commençait malgré elle à le considérer comme un homme – et un homme infiniment séduisant – beaucoup plus que comme un médecin.

Et cette découverte était troublante. Il fallait absolument mettre bon ordre à cela avant qu'il ne soit trop tard.

Les jours suivants, au cours de ses visites, Jessica apprit à se retrouver dans Louisville, et à connaître mieux ses habitants. Elle était passionnée par la variété des cas abordés. Cela n'avait rien à voir avec l'expérience limitée acquise en deux ans à l'hôpital de Johannesburg. Elle n'avait jamais douté que sa décision ne fût la bonne, mais aujourd'hui, elle était certaine d'avoir trouvé sa voie.

Son seul problème épineux était Mark Trafford. Il ne cessait de la poursuivre de ses assiduités. Jusqu'ici, elle avait réussi à le tenir à distance. Mais elle se demandait avec appréhension si elle y arriverait longtemps encore. Avec un tel homme, elle se sentait battue d'avance.

Ce soir-là, elle rentrait chez elle avec la perspective de passer une soirée tranquille avec un bon livre lorsqu'elle aperçut Vivien courant à sa rencontre.

— C'est Olivia! expliqua la jeune femme, tout essoufflée, en s'installant dans l'Alfa à côté de Jessica. Je viens avec vous pour vous montrer le chemin de « Bellevue ».

Sans poser de questions, Jessica appuya sur l'accélérateur.

— Olivia a demandé à Frances de vous téléphoner, reprit Vivien au bout d'un instant. En découvrant que vous aviez déjà quitté le cabinet, la pauvre petite était dans tous ses états. Elle vient de m'appeler. Bernard est dans la brousse à la recherche d'un guépard blessé, et Olivia craint qu'il ne rentre pas à temps pour la conduire à l'hôpital. Ma nièce a seulement ajouté : « Dites-lui de venir vite! »

— C'est encore loin? s'enquit Jessica en jetant un coup d'œil sur sa passagère.

— Cinq kilomètres.

Jessica conduisait en silence, attentive aux indications de Vivien. Elle avait à peine garé sa voiture sous un jacaranda devant la ferme au toit de chaume entourée d'une véranda, que la porte d'entrée s'ouvrit devant une adolescente tout en bras et en jambes, qui s'élança vers elles comme un ouragan.

— Ah, tante Vivien, te voilà enfin! s'exclama-t-elle d'une voix étranglée en se précipitant dans ses bras.

— Ne t'inquiète pas, mon trésor, murmura doucement

celle-ci en caressant affectueusement les cheveux noirs de l'enfant. Le docteur Neal est là avec moi. Tout se passera bien. Sois gentille et attends sur la véranda le retour de ton papa.

– Mais je veux vous aider! protesta vigoureusement Frances.

– Si j'ai besoin de ton aide, Frances, déclara Jessica qui n'avait pas dit mot jusque-là, je t'appelerai, c'est promis.

– Bon, d'accord, marmonna l'enfant.

Jessica et Vivien trouvèrent Olivia allongée sur son lit. La jeune femme si frêle paraissait toute perdue dans cette vaste pièce. A leur entrée, elle tourna la tête vers la porte et son petit visage creusé par l'angoisse s'éclaira.

– Dieu que je suis contente de vous voir! murmura-t-elle d'une voix lasse. Si j'avais pu, j'aurais pris la voiture pour vous éviter le déplacement.

– C'eût été de la folie! se récria sa belle-sœur.

– Quand les douleurs ont-elles commencé? s'enquit Jessica en s'asseyant au bord du lit.

– A vrai dire, ce matin... Mais j'ai d'abord cru qu'il s'agissait de crampes. Elles ont ensuite disparu et je ne me suis plus inquiétée. Mais elles ont repris il y a une demi-heure, et...

Elle s'interrompit brusquement, les traits déformés par la souffrance.

– Détendez-vous, ordonna posément Jessica. Respirez lentement et à fond.

Quand la contraction se fut calmée, Jessica examina rapidement la jeune femme. Mais l'examen était à peine terminé qu'Olivia fut secouée par une nouvelle contraction.

– Oh, mon dieu, souffla Vivien avec effroi, qu'allons-nous faire?

– C'est très simple, répondit paisiblement le jeune

médecin tout en vérifiant le contenu de sa trousse, nous allons procéder à l'accouchement ici même.

— Ici même... balbutia Olivia d'un air incrédule. Mais... c'est donc pour bientôt?

— Pour très bientôt, Olivia. Mais tranquillisez-vous, nous avons le temps de faire les préparatifs nécessaires.

Vivien et Frances ne demandaient qu'à aider le médecin. Jessica leur donna ses ordres avec un calme rassurant, tout en veillant à ce que l'adolescente n'entre pas dans la chambre de la parturiente.

— Jessica! cria Olivia quelques minutes plus tard.

En deux foulées, le médecin fut à son chevet.

— Détendez-vous, ordonna-t-elle avec une douceur pleine de fermeté. Tout se passe très bien.

— Oh Seigneur, je voudrais tant que Bernard soit là! gémit Olivia, le visage inondé de sueur.

— Il ne va pas tarder maintenant, assura Vivien tout en passant un gant de toilette humide sur le front de sa belle-sœur.

— Oui, je sais, murmura celle-ci, mais je... j'aurais tellement aimé l'avoir près de moi... oh...!

— Accroche-toi à moi, ma chérie, suggéra Vivien en lui tendant les deux mains. Pour le reste, fais confiance à Jessica.

Vingt minutes plus tard, Olivia mit au monde un magnifique petit garçon qui ne perdit pas le temps à manifester son caractère par des cris indignés. Jessica l'enveloppa chaudement et le posa dans les bras de sa mère.

Une demi-heure après, on entendit la voix anxieuse de Frances derrière la porte.

— Puis-je venir voir le bébé?

— Entre, mon trésor, lui dit sa tante en lui ouvrant.

En deux bonds, l'enfant fut près du berceau.

— Qu'il est petit! chuchota-t-elle avec une sorte d'effroi. Tu crois qu'il grandira, Olivia?

– J'en suis certaine, ma chérie, souffla la jeune mère, le regard illuminé de joie. Je suis même prête à parier qu'il te rattrapera un jour...

Le visage radieux, Frances se pencha sur Olivia qu'elle embrassa tendrement avant de se retourner vers sa tante.

– Ah, j'allais oublier de vous dire... Evalina vous a préparé du café dans le salon. Je resterai auprès d'Olivia pendant votre absence.

Quelques minutes après, assise dans le salon à l'atmosphère accueillante et aux beaux meubles rustiques patinés par les ans, Jessica buvait lentement son café en s'émerveillant une fois de plus du miracle de la naissance. Jetant un coup d'œil sur le visage pensif de sa compagne, elle comprit que celle-ci devait éprouver la même émotion.

Vivien leva soudain la tête. Ses yeux brillaient de larmes contenues.

– J'ai grandi dans cette ferme, fit-elle lentement. Que de fois ai-je vu des animaux mettre bas... J'ai toujours trouvé cela fantastique. Mais tout à l'heure, en voyant le bébé d'Olivia venir au monde, je me suis sentie affreusement frustrée.

Avec un soupir, elle se détourna en essuyant subrepticement une larme.

– Plus que jamais je me rends compte du bonheur qui m'a été refusé, acheva-t-elle à voix basse.

La gorge de Jessica se serra. Mais, avant qu'elle n'ait pu prononcer le moindre mot, Vivien s'était ressaisie et se servait une seconde tasse de café.

L'obscurité était tombée quand le silence paisible de la campagne fut déchiré par le grondement d'un moteur. Jessica était seule avec Olivia et le bébé. Elle perçut dans le couloir un pas lourd et rapide.

– Où est-elle? demanda une voix de stentor.

– Elle est là, Bernard, dans votre chambre, entendit-elle

répondre Vivien. Tout s'est passé pour le mieux. Ne t'inquiète pas.

La porte s'ouvrit brusquement. L'homme qui apparut sur le seuil était incroyablement grand et fort. Ses cheveux noirs saupoudrés de gris encadraient un visage taillé à la serpe, à la mâchoire volontaire. Il ne devait pas faire bon contredire le Roi du Bétail!

Son regard impitoyable passa sur le médecin sans la voir avant de se poser sur le petit bout de femme adossée à ses oreillers. Il se produisit alors quelque chose d'incroyable. Les yeux durs s'adoucirent miraculeusement. Une expression de tendresse bouleversante transforma les traits du colosse.

– Olivia, ma chérie! chuchota-t-il d'une voix rauque.

Une seconde plus tard, il était agenouillé près du lit. Soulevant Olivia comme une plume pour la serrer contre sa poitrine, il enfouit sa tête dans son cou.

Jessica n'osait plus respirer pour ne pas troubler cet instant privilégié. Entre Bernard et Olivia King, on sentait quelque chose d'exceptionnel. Ce quelque chose dont rêvent tant de gens et que si peu connaissent. Devant ce couple qu'elle devinait uni corps et âme, la jeune fille éprouva un brusque et poignant besoin d'amour.

– Pardonnez-nous notre impolitesse, Jessica.

Les paroles d'Olivia firent sursauter Jessica absorbée dans sa rêverie.

– Je vous présente mon mari, Bernard. Chéri, voici le docteur Jessica Neal.

Le géant se releva et Jessica sentit sa main broyée dans une poigne de fer.

– Je suis heureux de vous connaître, Jessica. Merci d'être accourue si vite.

Ses yeux très noirs étaient maintenant souriants. En voyant entrer Vivien dans la chambre, un instant plus tard, Jessica fut frappée par la ressemblance existant entre le frère et la sœur.

– Tu ne jettes pas un coup d'œil sur notre fils? murmura Olivia.

Sous le regard attendri des trois femmes, Bernard King se pencha sur le berceau pour examiner le poupon qui dormait à poings fermés.

– On ne peut pas dire qu'il soit joli, joli... fit-il remarquer avec une étincelle de malice dans les yeux.

– Je suis de ton avis, sourit effrontément Olivia. C'est ton portrait tout craché.

Le géant se mit à rire et se rassit près de son épouse.

– Je ne l'avais pas volé, n'est-ce pas?

– Peter vient de téléphoner, annonça Vivien. Il sera là d'un instant à l'autre. Il me ramènera donc à la maison. Mais cela ne vous empêche pas de rester dîner avec nous, Jessica, ajouta-t-elle en voyant la jeune fille se préparer à partir.

– Non, vraiment, je...

– Restez, Jessica, je vous prie, coupa Olivia.

Comment résister à la prière de ses beaux yeux gris?

– Entendu, Olivia. J'accepte avec plaisir.

Le dîner fut très gai. Le visage animé, Frances babillait joyeusement et narrait à sa façon les événements de l'après-midi pour le bénéfice de son père et de son oncle.

Jessica était intriguée par l'attitude de Vivien. Elle était demeurée étrangement silencieuse pendant tout le repas. Plusieurs fois même, la jeune fille avait surpris sur ses traits une expression de tristesse inhabituelle.

Lorsque Jessica voulut prendre congé d'Olivia, elle la trouva encore éveillée, un sourire radieux sur ses lèvres pâles.

– Je ne vous ai pas encore remerciée, Jessica... commença-t-elle.

– Vous n'avez pas à me remercier, affirma le jeune médecin.

– Oh si! J'étais absolument paniquée jusqu'au moment où je vous ai vue entrer dans ma chambre.

– Il faudra vous ménager pendant quelque temps. Je viendrai tous les jours vérifier que tout va bien pour vous et le bébé. A propos, comment allez-vous l'appelez? ajouta-t-elle en se penchant sur le petit visage rose un peu chiffonné.

– Nous n'avons pas encore pris de décision.

– Je crois avoir trouvé, annonça Bernard qui venait d'entrer.

– Ah bon? fit sa femme en lui prenant la main avec un sourire plein de tendresse.

– Que penserais-tu de Logan?

– Oh, Bernard! fit-elle avec un air médusé.

– Logan est le nom de jeune fille d'Olivia, précisa Bernard à Jessica.

– C'est un beau prénom pour un garçon, approuva Jessica en caressant la menotte du bébé. Bonsoir, petit Logan. Je reviendrai te voir demain.

Peter l'attendait pour l'accompagner à sa voiture.

– Tout s'est bien passé? voulut-il savoir, une fois arrivé près de l'Alfa. Pas de complications?

– Aucune.

– Vous me rassurez, soupira Peter. Olivia est si menue que je craignais une naissance difficile. Il faut dire qu'on s'inquiète deux fois plus pour les membres de sa famille.

Il était plus de neuf heures lorsque Jessica rentra chez elle. Le téléphone sonna au moment où elle se préparait à prendre un bain réparateur.

– J'ai essayé toute la soirée de vous joindre, déclara Mark sur un ton presque accusateur.

– J'étais à « Bellevue », expliqua-t-elle, le cœur battant. Olivia King a eu un fils en fin d'après-midi.

– Vous voulez dire que le bébé est né là-bas?

– C'est exact.

– Pourquoi diable n'est-elle pas venue à l'hôpital?

– Impossible. Son mari était dans la brousse à la poursuite d'un guépard blessé.

– Une ambulance aurait pu aller la chercher.

– Il n'était plus temps, protesta Jessica.

– Comment, il n'y avait plus le temps? demanda-t-il avec une violence contenue.

– C'est très simple. Quand je suis arrivée à « Bellevue », la poche des eaux s'était rompue et la tête de l'enfant était déjà engagée.

– Et après? répliqua-t-il sur un ton agressif. Ce n'eût pas été la première femme à accoucher cinq minutes après son admission à l'hôpital.

– Écoutez, docteur Trafford, s'écria Jessica en s'efforçant toutefois de se dominer, j'ai estimé préférable que ce bébé vienne au monde dans une chambre confortable plutôt que dans une ambulance secouée par les cahots de la piste.

– Si je comprends bien, remarqua-t-il sur un ton sarcastique, vous êtes à vous seule un véritable hôpital de campagne!

– Il n'y a pas de quoi se moquer!

– Je ne me moque pas de vous! explosa Mark.

– Alors, qu'essayez-vous de prouver? questionna Jessica sans plus cacher sa colère. M'estimez-vous incapable de faire face à une urgence?

– Comment le saurais-je? répliqua-t-il d'une voix mordante qui la piqua au vif.

– En attendant que vous le sachiez, je vous suggère de garder votre opinion pour vous, docteur Trafford! riposta-t-elle froidement, bien décidée à ne pas lui laisser voir à quel point son manque de confiance l'avait blessée.

– Réfléchissez une minute, Jessica, soupira-t-il. J'essaye seulement de vous faire toucher du doigt une évidence. S'il y avait eu des complications, qu'auriez-vous fait sans le matériel nécessaire?

– J'ai fait ce que je considérais le mieux pour Olivia. Je sentais qu'elle préférait cette solution.

– Ah, ce genre de raisonnement est bien féminin! ironisa-t-il.

– Expliquez-vous.

– Les femmes laissent toujours les sentiments oblitérer leur jugement, c'est connu.

– Les sentiments n'avaient rien à voir avec ma décision.

– En êtes-vous bien certaine?

Jessica crispa les doigts sur le combiné dans un effort pour se contrôler.

– Aviez-vous autre chose à me dire, docteur Trafford? demanda-t-elle avec une politesse glaciale.

– Oui, répondit-il sèchement, mais cela peut attendre.

Jessica reposa l'appareil en tremblant de colère.

– Que le diable l'emporte! marmonna-t-elle.

Quand il n'essayait pas de la séduire, il la traitait comme une étudiante de première année. Elle ne savait pas quel était le pire.

Cette nuit-là, Jessica ne dormit guère. Au petit matin, elle fut appelée à l'hôpital pour une urgence. De retour chez elle, elle prit une douche et se changea avant de regarder le soleil se lever.

Emily Hansen ne fut pas longue à remarquer sa pâleur et ses traits tirés sous le maquillage léger.

– Je sens que vous avez dû être dérangée cette nuit, docteur Neal. Je crains, hélas, que vous n'ayez pas non plus une matinée très reposante. Le docteur O'Brien est à l'hôpital et le docteur Trafford à la réserve forestière. C'est son jour de dispensaire. C'est donc vous qui assurerez la garde, et la salle d'attente est déjà comble.

– Eh bien, commençons tout de suite, suggéra Jessica en enfilant sa blouse.

Ce fut le début d'une matinée comme elle n'en avait jamais connue. Les clients défilaient à une cadence accélérée. Pour couronner le tout, un fort contingent de Bantous arriva de l'état voisin de Venda, dont le territoire leur était réservé. Jessica considéra d'un air médusé cette mer de visages noirs qui la contemplaient avec une curiosité non déguisée. Elle comprenait enfin la boutade de l'un de ses professeurs à la faculté : « Il y a des jours où l'on maudit le sort de n'avoir que deux mains! »

Lorsque Emily Hansen entra dans le bureau de Jessica, une fois le dernier patient parti, elle trouva celle-ci affalée sur sa chaise, les yeux clos.

– Rude matinée pour vous, docteur Neal, fit-elle avec compassion. Imaginez-vous ce que cela pouvait être avant votre arrivée?

Jessica souleva ses paupières.

– Eh bien savez-vous, Miss Hansen? Je suis morte de fatigue, certes, mais mon métier m'apporte d'intenses satisfactions. Je fais ici le genre de médecine que j'ai toujours désiré faire.

Un sourire amusé étira ses lèvres pleines.

– Ah, si mon père m'avait vue ce matin, il aurait été horrifié!

– Pourquoi? Était-il opposé à ce que vous deviniez médecin?

– Non, pas du tout, mais il me voyait plutôt comme spécialiste, avec une clientèle huppée... Je vais me passer de déjeuner, ajouta-t-elle en s'emparant de sa trousse, et me rendre à « Bellevue » pour voir Olivia King et son bébé. J'irai ensuite à l'hôpital.

Emily Hansen suivit du regard la fragile silhouette de la jeune fille. Les médecins mettaient toujours leurs malades en garde contre le danger de sauter des repas.

— Mais eux-mêmes n'en font qu'à leur tête! marmonna l'infirmière avec un air réprobateur.

En route, Jessica réfléchit à un problème qui la tracassait depuis qu'elle avait surpris l'émotion de Vivien. Un projet commençait à prendre forme dans son esprit, mais pour pouvoir le mener à bien, elle préférait en savoir un peu plus sur la femme de Peter O'Brien. Et la seule personne capable de l'éclairer était Olivia.

Un petit soupir lui échappa. Au lieu de la route miroitant sous le soleil, elle voyait devant elle une fillette blonde à l'expression perdue...

5

La chance favorisa Jessica. Olivia était seule à « Belle-vue ». Seule, à l'exception, bien entendu, de la fidèle Evalina et des autres servantes. Après avoir examiné la mère et l'enfant, la jeune fille se laissa persuader de rester pour une tasse de café et une part d'un délicieux clafoutis aux pommes.

C'était un plaisir de bavarder avec une femme intelligente et cultivée comme Olivia.

— Vivien était là ce matin pour faire la toilette de Logan, annonça celle-ci avec un petit sourire attendri. Hier, elle a failli avoir une attaque en apprenant qu'Evalina se proposait de le faire.

C'était l'occasion qu'attendait Jessica.

— Votre belle-sœur aime beaucoup les enfants, j'ai l'impression... observa-t-elle sur le ton de la conversation.

— Elle adore Frances et je suis certaine qu'elle va gâter abominablement mon petit bonhomme.

— Pourquoi n'en a-t-elle pas?

Une ombre de tristesse passa sur le fin visage d'Olivia.

— Jamais elle n'aborde le sujet. Mais je sais par Bernard qu'elle a suivi différents traitements contre la stérilité. Ceux-ci se sont, hélas, avérés sans effet...

– N'ont-ils jamais songé à l'adoption?

– Je ne peux vous le dire. Vivien m'a toujours donné l'impression de s'être résignée à ne jamais devenir mère.

– Vous ne me paraissez pas très convaincue, avança Jessica.

– C'est vrai, avoua Olivia. Je suis certaine qu'elle meurt d'envie d'avoir un bébé. Mais les King sont très orgueilleux. Et plutôt que d'admettre sa défaite en adoptant un enfant, je la soupçonne de préférer donner l'impression que tout cela est d'une importance secondaire.

– Je vois, murmura Jessica d'un air absorbé.

Un silence tomba.

– A quoi songez-vous? reprit la jeune femme.

– J'ai une idée, et si...

Elle parut hésiter.

– Dites-moi le fond de votre pensée, insista Olivia.

Après avoir reposé sa tasse sur une petite table, Jessica se jeta à l'eau.

– A l'orphelinat de Johannesburg se trouve une fillette de dix ans très malheureuse. Elle est l'unique rescapée d'un accident dans lequel ses parents ont trouvé la mort. Je l'ai connue à l'hôpital où elle se remettait de ses blessures... Elle est seule au monde, ajouta-t-elle en jetant un coup d'œil sur le visage attentif de son interlocutrice, et je lui ai promis de la prendre avec moi pour des vacances scolaires.

– Je commence à comprendre votre plan, murmura pensivement Olivia. Si Vivien s'attache à cette petite, peut-être se décidera-t-elle à franchir le pas...

– Megan Leigh est une petite fille adorable et affectueuse. On ne peut s'empêcher de l'aimer.

– Ah, si cela pouvait marcher, s'écria Olivia, ce serait fantastique!

– Et si je faisais venir Megan ici pour les vacances de septembre?

– Pourquoi pas? Le plus tôt sera le mieux, non?

– Je suis heureuse d'avoir pensé à vous en parler.

– Vous avez bien fait, sourit Olivia. Bien sûr, je n'en soufflerai mot à âme qui vive. Vivien ne doit rien soupçonner. Autrement cette expérience risquerait d'échouer.

Jessica était parfaitement consciente de ce risque. Néanmoins, elle rentra en ville, l'esprit plus léger. Restait à tout organiser.

Son emploi du temps était tellement chargé que deux jours s'écoulèrent avant qu'elle ne pût trouver un moment pour téléphoner à l'orphelinat. Tout s'arrangeant pour le mieux, elle reposa le combiné avec une expression radieuse sur le visage.

– Puis-je savoir ce qui vous donne cet air enchanté? s'enquit Mark Trafford qui venait d'entrer.

Elle posa les yeux sur l'athlétique silhouette qui ne manquait jamais de la troubler plus que de raison.

– Est-ce un secret? insista-t-il.

– Non. Je viens d'obtenir qu'une petite fille passe chez moi les vacances de septembre. Elle a perdu ses parents au début de l'année, ajouta-t-elle en guise d'explication.

– Était-ce une de vos patientes?

– Plus ou moins.

– Une fois de plus, j'ai raison de penser que les femmes médecins attachent une trop grande importance à leurs relations avec leurs malades.

Avec un sourire cynique, il s'était assis sur un coin du bureau. Jessica repoussa nerveusement son fauteuil et se leva en prenant garde de mettre la plus grande distance possible entre eux deux.

– Je me soucie du bien-être autant moral que physique de mes malades, rétorqua-t-elle avec hauteur, et je n'ai pas honte de le reconnaître!

– Ah, c'est bien d'une femme! ironisa-t-il.

– Mais je suis fière d'en être une! riposta-t-elle vivement.

C'était une erreur, et elle s'en mordit aussitôt les doigts. Car Mark s'était mis à la dévisager avec une impudeur tranquille. Et la malheureuse Jessica avait l'impression d'être déshabillée du regard.

– Je m'en étais aperçu depuis un bon moment déjà, figurez-vous, lança-t-il avec un sourire railleur avant de disparaître sans lui laisser le temps de répliquer.

Ce soir-là, Jessica appela ses parents. Son père promit d'aller chercher la petite fille à l'orphelinat dès la fin du trimestre et de la mettre au train.

– Nous comptons venir te voir le week-end prochain, lui apprit-il. Nous pourrons mettre tout cela au point. Nous viendrions volontiers du vendredi après-midi au lundi matin.

– Merveilleux, papa!

– Peux-tu nous loger?

– Oui j'ai une chambre d'amis.

– Parfait. Ta mère va être tranquillisée. Tu sais qu'elle déteste l'hôtel.

– Embrasse-la de ma part et dis-lui de ne pas s'inquiéter.

– Elle n'est pas la seule à se faire du souci, tu sais. C'est bien pour cela que nous venons te voir...

Il s'interrompit comme s'il s'était attendu à l'entendre protester. Devant le silence de sa fille, il ajouta en soupirant :

– Enfin, nous aurons tout le loisir de bavarder pendant ces deux jours...

Ses parents trouveraient certainement difficile d'admettre qu'elle était heureuse à Louisville, songeait Jessica. Ce serait à elle de les en convaincre.

Elle se doucha rapidement, enfila une fraîche robe de soie abricot. Elle se réjouissait de passer une soirée tranquille chez elle. C'était si rare! Mais elle n'avait pas plus tôt sorti un bifteck du réfrigérateur que Mark Trafford fit irruption chez elle avec la brutalité d'une tornade.

— Laissez tomber ce que vous faites et venez avec moi, ordonna-t-il. C'est une urgence.

Sans hésitation, Jessica remit le morceau de viande dans le réfrigérateur.

— Une minute. Je prends ma trousse.

— Inutile, lança-t-il sèchement. J'ai ce qu'il faut.

Jessica obéit sans discuter. Mais une fois assise dans la Mustang, à côté de son compagnon, vêtu d'un pantalon gris clair et d'un polo blanc, elle ne put contenir sa curiosité

— De quoi s'agit-il? Qu'est-il arrivé?

— Ce n'est pas tant ce qui est arrivé que ce qui pourrait arriver, répondit-il d'une façon énigmatique.

— Que voulez-vous dire? demanda-t-elle avec anxiété, en imaginant Dieu sait quel cataclysme dans le district.

— Taisez-vous, je vous en supplie, et laissez-moi me concentrer sur la conduite!

Sidérée, mais disciplinée, Jessica obtempéra. Mark conduisait aussi rapidement que le lui permettait la vitesse maximale autorisée en ville. Parvenu à la sortie de Louisville, il prit une ruelle transversale menant à une vieille demeure entourée d'un grand parc. Dans l'obscurité, Jessica distingua vaguement un court de tennis et une piscine. La maison elle-même semblait avoir été ravalée récemment. Rien dans cette paisible propriété n'indiquait un désastre imminent.

— Suivez-moi, ordonna Mark.

Prenant Jessica par le bras, il lui fit grimper rapidement les marches du perron. Sans frapper, il ouvrit la lourde porte de chêne. Jessica se retrouva dans un vestibule éclairé par un lustre magnifique.

– Soyez la bienvenue chez moi, Jessica.

Pendant quelques secondes, elle le fixa d'un regard incrédule avant de réagir.

– Nous sommes chez vous? questionna-t-elle, soulevée d'une rage folle.

– Mais oui.

– Et cette fameuse urgence?

– Vous la voyez devant vous, répondit-il sur un ton moqueur. Je n'avais vraiment pas le courage de dîner seul ce soir.

– C'est un guet-apens!

– Seriez-vous venue autrement?

– Certainement pas!

– Alors, vous voyez!... Qui veut la fin veut les moyens.

– Vous êtes complètement fou!

– Et après? fit-il avec un rire bref.

– Ramenez-moi tout de suite à la maison!

– Pas avant que vous n'ayez dîné avec moi.

– Puisque c'est ainsi, je repartirai à pied.

Il bondit devant elle et lui barra le chemin de la sortie.

– Votre cottage est loin d'ici, et à cette heure-ci, c'est dangereux pour une femme de faire du stop, je vous préviens.

– Ça m'est égal, se récria Jessica qui luttait désespérément contre un trouble insidieux. Vous n'aviez pas le droit de m'attirer chez vous sous ce faux prétexte, et si vous ne voulez pas me reconduire, eh bien, je...

– Jessica, coupa-t-il en la regardant dans le blanc des yeux, auriez-vous peur de moi?

Elle détourna le regard.

– Ne soyez pas ridicule, voyons!

– Alors, restez dîner ici.

– C'est tout de même mon droit de choisir les gens avec

lesquels je passe mes moments de liberté! Et je ne veux pas les gaspiller avec vous!

– Ce n'est pas très gentil de me parler ainsi.

– Je ne me sens pas d'humeur à vous dire des gracieusetés!

– Je ne vous demande pourtant pas grand-chose, Jessica. Seulement de dîner avec moi. Je vous reconduirai ensuite chez vous dès que vous le voudrez.

Il lui prit le menton. Elle fut bien obligée de croiser le regard gris plein de défi.

– Est-ce vraiment exiger l'impossible?

Elle n'avait jamais été aussi près de lui et son cœur battait la chamade.

– Il me semble que je n'ai guère le choix...

– Venez par ici, reprit-il en la précédant vers le salon.

En y entrant, Jessica écarquilla les yeux.

– Vous aimez? s'enquit Mark.

– Pas particulièrement, répondit-elle en contemplant l'éclairage tamisé, la luxueuse chaîne stéréo, le tapis de haute laine et les canapés profonds garnis d'épais coussins capitonnés.

– Allons, dites le fond de votre pensée. Je vous fais confiance pour ne pas mâcher vos mots. Qu'est-ce qui vous déplaît dans cette pièce?

– Tout, répliqua-t-elle avec raideur. Elle ressemble à un nid d'amoureux pour film de dernière catégorie.

– Vous en savez des choses... insinua-t-il.

– Je ne suis plus un bébé.

– En effet, approuva-t-il en laissant son regard s'attarder sur ses rondeurs bien féminines. Désolé que vous n'appréciez pas ce cadre. Personnellement, je le trouve très reposant. Lumières indirectes, musique douce, ajouta-t-il en tournant un bouton, et fauteuils confortables...

– Des fauteuils, quels fauteuils? se récria nerveusement

73

Jessica. Je vois deux canapés qui ne me paraissent guère être faits pour s'y asseoir!

— Ne me donnez pas de mauvaises pensées, Jessica.

— Ne faites pas l'innocent, répliqua-t-elle sur un ton sarcastique. Ne m'avez-vous pas amenée ici dans l'intention bien arrêtée de me séduire?

— Si je répondais non, vous convaincrai-je?

— Certainement pas.

— Quelle sagacité! ironisa-t-il avec un sourire machiavélique.

— Vous le reconnaissez donc?

— Disons que je compte me conduire de mon mieux... Le reste dépendra de vous.

— Si je comprends bien, vous me laisserez au moins la possibilité de vous repousser.

— Croyez-moi si vous voulez, Jessica, déclara-t-il tout en remplissant un verre, je n'ai jamais fait violence à une femme.

— Cette remarque est-elle destinée à me rassurer?

— A vous détendre en tout cas, répliqua-t-il en se dirigeant vers elle à longues foulées souples.

— Vraiment? railla-t-elle.

— Je n'ai pas l'intention de me jeter sur vous comme une bête féroce, ni de vous traîner par les cheveux jusqu'à mon lit!

— C'est une bonne chose à savoir! fit-elle avec raideur.

— Tenez, dit-il en lui tendant le verre, buvez ça.

Jessica fixa le liquide rubis avec une hésitation marquée.

— Qu'est-ce que c'est?

— Un aphrodisiaque de ma composition. Il vous fera brûler d'un désir passionné pour... votre serviteur, acheva-t-il avec un petit salut.

— Ne soyez pas ridicule!

– C'est vous qui l'êtes! Je vous ai servi un verre de vin qui est à peu près aussi fort que l'eau du robinet. Allons, trêve de stupidités. Venez vous asseoir.

Elle se laissa entraîner sur le canapé. Sans la quitter des yeux, Mark prit place à côté d'elle. Jessica commençait à se sentir dangereusement hypnotisée par le charme redoutable de son compagnon. Il fallait lui échapper avant qu'il ne fût trop tard.

– Non, c'est impossible, marmonna-t-elle en se levant après avoir reposé son verre intact sur la table basse, je ne peux pas rester.

– Pourquoi cela? s'enquit Mark en bondissant sur ses pieds. Peter est de permanence. Nous avons la soirée pour nous.

– Justement, je ne veux pas la passer avec vous, dit-elle sans pouvoir cacher sa nervosité.

– Avez-vous peur des racontars?

– Vous savez très bien que votre réputation n'est pas fameuse.

– Je le sais parfaitement. Mais personne ne nous a vus partir de chez vous, ni arriver ici. Alors?

– Je préférerais quand même rentrer, décréta-t-elle avec obstination.

Mais elle n'était pas de taille à lutter contre Mark. D'une pichenette, celui-ci la fit retomber sur le canapé.

– Buvez votre vin et détendez-vous, ordonna-t-il en se rasseyant tout contre elle. La soirée ne fait que commencer.

– Docteur Trafford...

– Mark, rectifia-t-il en lui passant le bras autour des épaules, pour ce soir tout au moins...

– Vous avez de la suite dans les idées, Mark.

– Vous en valez la peine, ma chère.

– Moi?

– Vous.

Pour se donner une contenance, elle avala une gorgée de vin avant de déclarer tout à trac :

– Je ne suis pas libre pour ce à quoi vous pensez.

– Comment savez-vous ce que j'ai en tête? demanda-t-il en lui effleurant la nuque d'un index caressant.

Elle ne put réprimer un petit frisson.

– Je suis à Louisville depuis un peu plus d'un mois, et à en juger par les on-dit, il ne m'est pas difficile de le deviner.

– Vous faites allusion à Sylvia Summers, j'imagine?

– Exactement. Mais votre vie privée ne me regarde pas. Je souhaite seulement rester en dehors de tout cela.

– Vous ne semblez pas avoir une très flatteuse opinion de moi, fit-il remarquer en se rapprochant d'elle si près qu'elle sentit son haleine sur sa joue.

– Je n'apprécie pas spécialement les hommes qui ne voient dans les femmes qu'un moyen de satisfaire leur appétit charnel.

– Les créatures comme Sylvia ne demandent que ça, vous savez.

– Peut-être. Mais un jour ou l'autre, même les êtres comme elle éprouvent un besoin de stabilité et commencent à songer au mariage.

– Le mariage! ricana-t-il avec un haut-le-corps. Le mariage peut-il m'offrir quelque chose de plus que ce que j'ai déjà?

– Une famille, répondit-elle aussitôt. Vous ne désirez pas avoir d'enfants?

– Pour en avoir, il faudrait que je me lie à une femme jusqu'à la la fin de mes jours. Cela ne me sourit guère, je l'avoue. Mais comment en sommes-nous donc venus à ce sujet?

– Je l'ignore, répliqua platement Jessica qui, pour une raison inexplicable, se sentait le cœur chaviré.

A ce moment-là, un coup discret frappé à la porte les fit se retourner.

– Le dîner est prêt, monsieur Mark, fit un serviteur en veste blanche impeccable.

– Merci, Jonas.

Ce dernier leur servit un repas délicieux. Il allait et venait sans bruit, semblant avoir l'habitude de voir son maître recevoir des femmes chez lui. Une violente et soudaine jalousie déchira le cœur de Jessica. Elle ne pouvait s'empêcher de songer à toutes celles qui avaient passé avec Mark une soirée programmée pour se terminer fatalement au lit.

De toutes ses forces, elle repoussa cette idée déplaisante et s'efforça de se concentrer sur le contenu de son assiette. Peine perdue. Elle avait l'impression de mâcher du papier buvard.

– Vous êtes un chirurgien remarquable, Mark, commença-t-elle une fois que Jonas leur eut servi le café. N'avez-vous jamais pensé à vous spécialiser dans un domaine particulier?

– Si. La neurochirurgie m'attire énormément, répondit-il. Si jamais je me lasse du métier de généraliste, peut-être changerais-je d'orientation.

– En ce cas, vous devriez en discuter avec mon père, dit-elle machinalement.

– A votre père? répéta-t-il d'un air intrigué.

– Mon père était spécialiste en neurochirurgie. Il est en retraite depuis un an.

– Pourquoi ne m'en avez-vous pas parlé plus tôt?

– Je n'en voyais pas l'intérêt, rétorqua-t-elle avec un haussement d'épaules désinvolte.

– Aurais-je un jour le plaisir de le rencontrer?

– Peut-être, répliqua-t-elle évasivement.

Levant les yeux sur son vis-à-vis, elle croisa le regard gris posé sur elle avec une expression insondable.

A leur retour au salon, Mark choisit un disque qu'il mit sur l'électrophone.

– Dansons, Jessica, murmura-t-il en l'enlaçant.

Danser avec le médecin était une expérience étrangement troublante. Ils se mouvaient avec une lenteur envoûtante, au son d'une mélodie langoureuse. A travers sa chemise, Jessica sentait battre le cœur de Mark aussi vite que le sien. Quand il baissa la tête pour poser sa joue contre la sienne, un trouble exquis traversa le corps de la jeune fille qui ne pouvait pas s'arracher à la magie de l'instant. De temps à autre, Mark resserrait encore son étreinte sur la taille souple de sa partenaire et cette caresse emplissait Jessica d'un émoi délicieux.

– Je commence à trouver difficile de me conduire en galant homme, avoua soudain le médecin d'une voix curieusement enrouée.

Jessica se dégagea doucement.

– Il est temps que vous me rameniez chez moi, dit-elle d'un ton mal assuré.

– Vous plaisantez? s'insurgea-t-il.

– Pas du tout!

– Bien, fit-il avec un soupir résigné. Puisque je vous l'avais promis...

– J'en avais pris acte!

Un silence contraint s'appesantit sur eux pendant le trajet. Mark lui en voulait-il? se demandait Jessica. Ou au contraire, s'en moquait-il éperdument? Après tout, il ne devait pas manquer de femmes prêtes à lui accorder ce qu'elle lui refusait.

– Je ne vous propose pas d'entrer... commença-t-elle en ouvrant la porte du vestibule.

– Je m'invite tout de même, annonça-t-il en pénétrant dans le cottage.

– En voilà assez! s'exclama Jessica.

– C'est bien mon avis, approuva Mark qui la prit par l'épaule. Vous êtes la créature la plus frustrante que j'aie jamais rencontrée.

– Je vais aller vous faire une tasse de café. Mais ensuite, vous rentrerez chez vous.

Le café ne fut jamais fait. L'ayant suivie à la cuisine, Mark débrancha délibérément la bouilloire qu'elle venait de brancher et coinça la jeune fille contre un placard. Avant qu'elle n'ait eu le temps de réagir, il l'avait saisie par la taille et soulevée jusqu'à ce que leurs visages soient au même niveau.

– Posez-moi tout de suite par terre! exigea-t-elle.

– Embrassez-moi, ordonna-t-il.

– Certainement pas! cria-t-elle en se débattant comme un beau diable.

Mais elle n'était pas de force à lutter contre le médecin.

– Vous êtes légère comme un oiseau, Jessica. Je ne vous lâcherai pas avant que vous ne vous soyez exécutée.

– Vous êtes odieux!

– Et vous, vous êtes adorable quand vous êtes en colère. Allons, ne faites pas tant de manières!

Après un instant d'hésitation, Jessica lui passa les bras autour du cou et effleura rapidement ses lèvres.

– Vous appelez ça un baiser? ricana-t-il.

– Parfaitement, répondit-elle, rouge comme un coquelicot. Maintenant, laissez-moi.

– Embrassez-moi pour de bon!

Il était inébranlable. Si elle voulait se débarrasser de lui, autant s'incliner. Mais cette fois-ci, Mark prit la conduite des opérations et s'empara de ses lèvres avec une ardeur irrésistible. En aucune circonstance, le contact d'un homme n'avait soulevé en Jessica une telle tempête. Une vague de désir enflammé la submergea. Ce fut un moment d'extase comme elle n'en avait jamais rêvé. Elle perdit toute notion d'heure et de lieu.

– C'est déjà mieux, non? lui murmura-t-il ironiquement à l'oreille avant de couvrir son visage et sa gorge de baisers brûlants.

Toute résistance abolie, Jessica se laissait faire.

— Je vous désire, gémit Mark.

Ces mots lui firent l'effet d'une douche froide et la ramenèrent brutalement à la raison.

— Tout simplement? demanda-t-elle en baissant les yeux pour lui dissimuler sa honte et son chagrin.

— Tout simplement, répéta-t-il avec cynisme.

— Je suis désolée, Mark, fit-elle en se dégageant. Vous vous trompez d'adresse.

— Vous ne le regretteriez pas, je vous garantis.

— Je ne doute pas de vos aptitudes, rispota-t-elle avec un petit rire amer. Je dois vous paraître un peu vieux jeu. A dire vrai je ne suis pas du genre à me donner au premier venu.

— Mais je ne suis pas le premier venu! Et je saurai vous rendre heureuse...!

— Heureuse, à ce prix-là? jeta-t-elle froidement. Votre conception du bonheur est bien différente de la mienne. J'aurais honte de moi!

— Comment pouvez-vous en être certaine?

— Je me connais.

— Que vais-je faire de vous, Jessica? interrogea-t-il en lui soulevant le menton pour la forcer à le regarder droit dans les yeux.

— Rayez-moi de la liste de vos conquêtes possibles et tenez-vous en à des femmes comme Sylvia Summers, répondit-elle, le cœur atrocement serré.

— C'est exactement ce que je compte faire, assura-t-il avec une dureté implacable qui la blessa cruellement. Bonsoir, Jessica.

6

Le vendredi suivant, Jessica et ses parents étaient invités à dîner chez les O'Brien. Jonathan et Amelia furent aussitôt conquis par le charme et l'élégance de la maîtresse de maison. Jonathan se lança bien entendu dans une interminable discussion avec Peter sur les dernières découvertes médicales.

De retour chez Jessica, M. et Mme Neal durent reconnaître qu'après tout, Louisville n'était pas le trou perdu qu'ils avaient imaginé.

Le lendemain matin, Peter emmena son collègue visiter l'hôpital. Pendant ce temps-là, Amelia harcelait sa fille de questions, voulant savoir si elle ne travaillait pas trop et si elle se nourrissait convenablement.

— Je me porte comme un charme, maman. Ne t'inquiète donc pas pour moi. D'ailleurs, quand je rentre tard de l'hôpital, je trouve souvent un dîner tout préparé qui m'attend dans la cuisine. Vivien est pleine d'attentions.

— C'est une femme exquise, reconnut Amelia.

— Tout le monde est très gentil pour moi, renchérit Jessica, et je fais un travail qui me passionne.

Cet après-midi-là, comme sa mère se reposait dans la chambre d'amis, Jessica eut enfin la possibilité de parler seule avec son père. Une fois la cuisine en ordre, elle le rejoignit au salon. Le vieux médecin ne tarissait pas d'éloges sur l'hôpital ultramoderne visité le matin même.

– Ce Peter O'Brien m'a fait une excellente impression, déclara-t-il en se bourrant une pipe. Comment est son associé?

– Mark Trafford? lança Jessica en affectant le plus grand naturel. Oh, c'est également un médecin remarquable. Il s'intéresse beaucoup à la neurochirurgie.

– Ah bon! fit Jonathan dont l'œil s'alluma. Aurai-je l'occasion de le rencontrer?

– Je ne pense pas. Je...

Devant l'expression déçue de son père, elle changea d'avis.

– Veux-tu que je lui téléphone? Je peux l'inviter à venir prendre le thé avec nous tout à l'heure.

– Pourquoi pas? sourit Jonathan.

Par bonheur, le téléphone n'était pas à sa place habituelle dans le salon. Jessica l'avait laissé branché à côté de son lit. Mieux valait en effet que son père ne la vît point composer le numéro de Mark d'une main tremblante. On répondit très vite, Ce n'était pas la voix du médecin, mais une sorte de roucoulement extrêmement féminin.

– Suis-je bien chez le docteur Trafford? s'entendit-elle demander dans un souffle.

– Oui, mais il n'est pas de permanence ce week-end. Je vous conseille d'appeler son associé, le docteur O'Brien.

Jessica n'eut pas le temps de remercier son interlocutrice invisible que déjà celle-ci avait raccroché. Les lèvres frémissantes et les yeux vagues, elle reposa lentement le combiné.

– Il viendra? s'enquit Jonathan en voyant revenir sa fille.

– Malheureusement non, répliqua-t-elle en s'asseyant lourdement sur le bras d'un fauteuil. Il... il est déjà pris.

– Dommage, fit Jonathan. Mais qu'as-tu, ma chérie? Tu es toute pâle.

– Un peu de dyspepsie, prétendit-elle en s'efforçant de sourire. Cela va passer. Je vais chercher la bouilloire et nous faire du thé. Maman ne devrait pas tarder à se réveiller.

« Espèce d'idiote, se maudissait-elle intérieurement, une fois seule à la cuisine. Tu savais depuis le début le genre d'homme qu'était ce Mark Trafford. Et pourtant, tu as fait la bêtise de... »

Saisie d'une brusque inquiétude, elle s'immobilisa. Au fait, elle avait fait la bêtise de quoi? De tomber amoureuse de lui? Impossible. Ce n'était pas du tout son type. Et pourtant... pourquoi était-ce si douloureux de l'imaginer avec une autre femme dans les bras?

Le week-end fut vite écoulé et Jessica ne revit pas Mark avant le lundi après-midi. Peter se trouvait dans son bureau pour discuter d'un cas pariculièrement difficile. La conversation avait fatalement dévié sur ses parents. Lorsque Mark les rejoignit, impeccable comme toujours dans un ensemble safari blanc qui faisit ressortir son teint bronzé, Peter lui lança avant de sortir de la pièce :

– Quel dommage que vous n'ayez pas eu l'occasion de faire connaissance des parents de Jessica ces jours derniers! Jonathan Neal est un médecin remarquable. C'est un plaisir de s'entretenir avec lui. Vous auriez été passionné de l'entendre parler de neurochirurgie.

Mark ne répondit pas. Mais, dès que Peter eut le dos tourné, il demanda froidement à Jessica :

– Pourquoi ne pas m'avoir prévenu que vos parents passaient le week-end avec vous?

Jessica se laissa glisser de son bureau et s'approcha de la fenêtre, les mains dans les poches de sa blouse pour en dissimuler le tremblement.

– J'ai téléphoné chez vous samedi après-midi pour vous

inviter à venir prendre le thé avec eux. Mais vous étiez très occupé, me semble-t-il...

– Ah oui... Sylvia... fit-il en la rejoignant. C'est sans doute elle qui a pris la communication?

Avec une feinte désinvolture, Jessica haussa les épaules.

– Je suppose que oui, à moins que vous n'ayez passé le week-end avec plusieurs femmes.

L'atmosphère devint chargée d'électricité. Mark prit Jessica par les épaules et la fit pivoter vers lui.

– Un mot de vous, Jessica, et Sylvia Summers deviendra du passé pour moi.

– Combien de temps s'écoulera-t-il avant que vous ne disiez la même chose de moi à une autre? demanda-t-elle avec cynisme.

– Dieu du ciel, Jessica, s'exclama-t-il avec un regard brûlant, je n'ai jamais désiré une femme comme je vous désire!

– Je devrais sans doute m'estimer flattée, souffla-t-elle d'une voix assourdie. Mais ce n'est pas le cas. Si vous voulez la vérité, eh bien, je me sens avilie!

– Seigneur, répondit-il en pâlissant sous son hâle, n'allez pas me raconter que vous vous sentiez avilie l'autre soir en m'embrassant. Ce que vous ressentiez, c'était du désir pur et simple, et je suis bien placé pour le savoir. Alors, ne me regardez pas de haut, ou je pourrais décider de vous prouver sur-le-champ que vous n'êtes qu'une maudite petite hypocrite!

Il lui enfonçait les doigts dans la chair avec brutalité comme s'il avait voulu la réduire en miettes.

– Vous me faites mal, se plaignit-elle.

– Vous avez de la chance que je sois un être civilisé, gronda-t-il en la repoussant violemment, vous mériteriez que je vous étrangle.

Elle trébucha contre l'appui de la fenêtre, le regard

torturé, la lèvre tremblante. Sans se retourner, le médecin sortit du bureau en claquant la porte derrière lui comme s'il avait résolu une fois pour toutes de couper les ponts entre eux.

Et de fait, durant les semaines qui suivirent, Mark la traita avec une politesse distante et glacée. C'est alors qu'elle découvrit combien lui manquaient ses remarques moqueuses et si souvent caustiques, son sourire cynique. Malgré tout, elle l'aimait. Elle était bien obligée de le reconnaître, mais hélas, le médecin n'avait que faire d'un tel sentiment...

Au retour d'une visite à l'une des fermes du district, Jessica fit une halte à « Bellevue » comme elle avait souvent coutume de le faire.

Olivia et elle prirent le thé sous la véranda tout en bavardant de choses et d'autres. Dans son berceau, Logan, repu, dormait à poings fermés.

– Megan arrive bientôt, n'est-ce pas? s'enquit Olivia.

– Demain matin par le premier train, répondit Jessica sans pouvoir dissimuler son excitation.

– En avez-vous parlé à Vivien?

– J'ai fait allusion dans une conversation au séjour de la petite, expliqua Jessica avec un air de conspirateur. Je lui ai demandé si elle verrait un inconvénient à ce que Megan joue dans le parc pendant que je serai au cabinet ou à l'hôpital.

– Et alors?

– Vous connaissez la générosité de votre belle-sœur. Elle m'a répondu que cela ne posait aucun problème. Bien plus, elle a offert spontanément de s'occuper de Megan quand je serais empêchée de rentrer déjeuner.

– J'espère que cela va marcher, murmura Olivia.

– Moi aussi, soupira Jessica qui avait conscience d'avoir pris un risque énorme.

Malgré les encouragements d'Olivia, elle passa une nuit presque blanche à se demander si elle ne s'était pas embarquée dans une aventure périlleuse. Et si Megan et Vivien ne sympathisaient pas? Ou bien si Vivien ne saisissait pas l'occasion qui s'offrait à elle? Et si...?

Elle faisait nerveusement les cent pas sur le quai de la gare lorsque le soleil apparut à l'est comme une boule de feu.

– Le train devrait arriver maintenant d'un instant à l'autre, docteur Neal, répondit le chef de gare à sa question inquiète.

En effet, deux minutes plus tard, Jessica vit surgir la locomotive diesel. Comme le train s'immobilisait dans un grincement d'essieux, une tête blonde parut à une fenêtre et un bras s'agita frénétiquement.

– Docteur Jessica!

Un instant après, Megan courait vers le jeune médecin, une petite valise en carton bouilli à la main. Elle se jeta dans ses bras avec une telle force que Jessica chancela.

– Que je suis contente de te revoir, Megan! dit-elle en serrant la petite contre elle et en posant un baiser léger sur les boucles blond doré.

– Vous m'avez manqué, vous savez, docteur Jessica.

– Tu m'as manqué aussi, je l'avoue, déclara Jessica en plongeant son regard noisette dans les grands yeux bleus affamés d'affection.

Après s'être emparée de la valise que la fillette avait lâchée, elle ajouta :

– Allons, viens. J'ai hâte de te montrer la maison.

Pendant tout le trajet, Megan ne cessa de babiller. Jessica l'écoutait sans l'interrompre avec un sourire attendri. Elle n'avait jamais vu l'enfant si animée. Quel changement avec l'orpheline silencieuse et abattue qu'elle avait connue au début de l'année!

A l'arrivée au cottage, Megan fit l'inspection des lieux

avec des cris de joie, tandis que Jessica mettait à frire des œufs au bacon pour leur petit déjeuner. L'appétit de Megan était incroyable.

— Nous n'avons jamais de bacon, sauf dans les grandes occasions, expliqua-t-elle.

Sans demander quelles étaient ces grandes occasions, Jessica se contenta de pousser le plat vers la petite fille qui le fit disparaître en un temps record. Elles avaient à peine terminé la vaisselle que par la fenêtre Jessica vit arriver Vivien.

— Puis-je entrer? fit la voix mélodieuse de la jeune femme.

— Bien sûr, répondit Jessica, la gorge nouée par l'appréhension. Nous sommes à la cuisine.

— J'ai fait hier soir toute une fournée de gâteaux secs, annonça Vivien en posant une boîte de métal sur la table. J'ai pensé que vous aimeriez en avoir pour le thé.

Tout en parlant, elle souriait à l'enfant blonde.

— C'est trop gentil, Vivien, fit Jessica dont le cœur battait à coups précipités. Je vous présente ma petite amie Megan, ajouta-t-elle en entourant de son bras les frêles épaules de la fillette. Voici Mme O'Brien, ma chérie. Son mari est médecin comme moi.

— Bonjour madame O'Brien, murmura timidement Megan.

— Je suis très heureuse de faire ta connaissance, Megan. Appelle-moi donc tante Vivien. Vous êtes de permanence cet après-midi, Jessica, je crois?

— Hélas oui, soupira la jeune fille.

— Je dois aller à « Bellevue », poursuivit Vivien. Je pourrais emmener Megan avec moi. Elle aimerait certainement voir la ferme.

— Vous avez une ferme, tante Vivien? s'enquit Megan avec un intérêt non dissimulé.

— Non. C'est la propriété de mon frère. Il a une petite

fille qui a trois ans de plus que toi. Elle sera sûrement ravie de te la faire visiter. Veux-tu venir avec moi? acheva-t-elle en caressant doucement les boucles blondes de Megan.

– Je peux, docteur Jessica?

– Bien sûr, ma chérie.

– Je viendrai la chercher après déjeuner. A tout à l'heure, Jessica.

– Elle est gentille, fit remarquer l'enfant tout en suivant Vivien du regard.

– Très gentille, approuva Jessica, en prenant Megan par la main. Allons défaire ta valise maintenant.

Elle ouvrit la petite valise et regarda d'un air consterné les quelques vêtements de couleur indéfinissable qu'elle contenait. Une brosse à dents, une serviette, un peigne et une brosse à cheveux complétaient ce maigre trousseau.

– Tu sais, déclara Jessica après avoir réfléchi une minute, nous devrions aller toutes les deux faire des courses. Il te faudrait quelques robes de plus, des shorts et des polos pour jouer.

– Vous allez m'acheter des habits? demanda Megan en ouvrant de grands yeux incrédules.

– Oui, et tout de suite, répliqua Jessica avec détermination. Viens. Fermons la maison et allons-y

Une heure plus tard, elles sortaient d'un magasin pour enfants, chargées de paquets, et aussi enchantées l'une que l'autre.

– Tu as ce qu'il te faut maintenant, je crois, dit Jessica en souriant.

– Oh oui, acquiesça la fillette, le visage radieux. Merci, docteur Jessica.

– Bonjour, fit une voix posée derrière elles.

Jessica se retourna et leva les yeux sur le visage impénétrable de Mark. Son cœur fit un bond dans sa poitrine.

– Bonjour, répondit-elle platement.

– Je m'appelle Mark Trafford, annonça le médecin en s'adressant à Megan. Et toi?

– Megan Leigh. Vous êtes aussi médecin, monsieur? questionna-t-elle timidement.

– Oui. Ça t'ennuie?

– Non, pas du tout, protesta l'enfant. Vous êtes un ami du docteur Jessica?

Mark jeta un bref coup d'œil sur Jessica dont les joues empourprées trahissaient l'embarras.

– Ne t'inquiète pas si le docteur Jessica n'a pas l'air content de me voir, lança-t-il avec un clin d'œil amusé. Elle m'aime bien, mais elle ne veut pas qu'on le sache. Veux-tu une glace?

– Oh oui, volontiers! s'exclama Megan avec une joie évidente.

– Donnez-moi donc quelques paquets. Vous semblez crouler sous leur poids. Miséricorde, mais vous avez dévalisé toutes les boutiques de Louisville!

– Le docteur Jessica m'a acheté plein d'habits neufs, lui apprit Megan avec fierté.

– Tu as bien de la chance! fit-il en entrant dans un salon de thé.

– Je vois là-bas une table vide, cria Megan.

– Nous te suivons, petite Megan. Après vous, docteur Jessica.

La jeune fille s'assit en silence. Mark Trafford était vraiment l'être le plus déconcertant de la création.

– Que prendrez-vous, Jessica? Une glace?

– Plutôt du thé, s'il vous plaît.

– Parfait. Une énorme glace pour cette petite demoiselle, ajouta-t-il à l'intention de la serveuse, et deux thés. Alors, Megan, tu devais te réjouir de ces vacances à Louisville, je pense?

– Oh oui, sourit l'enfant. Le docteur Jessica m'avait

promis de m'inviter. Elle tient toujours ses promesses.

– Ah, ah, c'est bon à savoir, observa-t-il sur un ton énigmatique en jetant un coup d'œil sur Jessica.

– Etes-vous aussi doué qu'elle? s'enquit l'enfant.

De nouveau, Jessica rougit.

– Je l'espère, fit Mark. Qu'en pensez-vous, Jessica?

Un pâle sourire étira les lèvres de la jeune fille.

– Personne ne met en doute les qualités d'un ordinateur.

Le regard intrigué de Megan allait de l'un à l'autre.

– Le docteur Jessica veut dire que je suis un très bon médecin, peut-être même meilleur qu'elle. C'est bien votre avis, mon cher confrère?

– Bien entendu, répondit celle-ci après une légère hésitation.

Par bonheur, la serveuse revint à ce moment-là avec leurs thés et la glace de Megan. L'atmosphère se détendit légèrement. Mark pouvait être simple et bon, constata Jessica, en voyant le médecin déployer tout son charme auprès de la petite fille. Elle n'aurait jamais cru qu'il pût s'intéresser aux enfants autrement que pour les soigner. Sur ce point précis, elle devait faire amende honorable.

Megan était une fillette très bien, élevée. Elle sut remercier Mark de façon charmante.

– Je suis enchanté de te connaître, Megan, répliqua le médecin qui les accompagnait jusqu'au parking.

Après avoir installé Megan et les paquets à l'arrière de l'Alfa, Jessica attira Mark un peu à l'écart.

– Merci de tout cœur d'avoir été si gentil pour elle.

– Je peux être très gentil, vous savez. Il suffit de se donner la peine de le découvrir.

Sa voix était de nouveau pleine de sensualité. Jessica le regardait d'un air songeur en se demandant s'il fallait s'en inquiéter ou s'en réjouir...

– Au revoir et merci encore.

– Tout le plaisir était pour moi.

Jessica monta rapidement en voiture, infiniment soulagée de voir que les ponts n'étaient pas entièrement coupés entre eux.

– J'aime bien le docteur Trafford, déclara Megan en l'aidant à sortir les paquets de l'Alfa. Et vous?

– Moi aussi, fit Jessica du bout des lèvres.

– Vous n'aviez pourtant pas l'air content de le voir?

– J'étais seulement un peu surprise.

– Ah bon?

L'enfant ne paraissait pas tout à fait convaincue. Pour couper court à d'autres questions, Jessica l'envoya ranger ses vêtements neufs dans le placard de sa chambre.

Vivien vint comme promis chercher Megan aussitôt après déjeuner. D'un geste enfantin, Jessica toucha du bois en les voyant s'éloigner.

L'après-midi lui parut se traîner en longueur. Par la pensée, elle était à « Bellevue » avec sa petite protégée... La sonnerie du téléphone la fit sursauter.

– Jessica? fit la voix claire d'Olivia à l'autre bout du fil. Elles viennent de partir. Je voulais vous dire... Vivien est avec Megan comme une mère poule avec son poussin... Cela devrait marcher.

– Je l'espère de toute mon âme, soupira Jessica. Megan est une adorable petite.

– Infiniment attachante, approuva son interlocutrice. Je serais presque tentée de l'adopter moi-même.

– Vous avez le cœur trop tendre, Olivia!

– Et vous donc! rétorqua la jeune femme en riant.

Jessica étant fort occupée, il était inévitable que Vivien et Megan deviennent inséparables. La femme du médecin insista même pour que l'enfant vienne coucher chez eux les nuits où Jessica était de permanence et risquait d'être appelée au-dehors. La jeune fille protesta pour la forme.

Quant à Megan, elle ne se fit pas prier pour emporter sa brosse à dents et son pyjama chez les O'Brien.

La petite fille était là depuis une dizaine de jours quand, pour la première fois, Jessica accompagna Mark à la réserve forestière où il se rendait tous les mois.

— En général, lui expliqua son compagnon en quittant Louisville, les bûcherons jouissent d'une assez bonne santé. Avec la vie saine qu'ils mènent, cela n'a rien de très étonnant.

Ce matin-là, le dispensaire était pourtant comble. Mark s'occupa des hommes tandis que Jessica se chargeait des femmes et des enfants. L'après-midi était bien avancé lorsqu'ils prirent le chemin du retour. Fatiguée mais heureuse, Jessica regardait rêveusement les pins et les gommiers bordant la route poussiéreuse.

Mark conduisait vite. En quelques minutes, ils eurent retrouvé la grand-route, très escarpée et sinueuse. A l'un des virages en épingle à cheveux, ils aperçurent un camion à bestiaux vide qui avait défoncé la glissière de sécurité et se trouvait en équilibre instable au bord d'un précipice. Plusieurs voitures étaient arrêtées non loin du lieu de l'accident.

— Ah, docteur Trafford, je suis heureux de vous voir, cria un homme en s'approchant rapidement d'eux. Nous avons besoin de secours.

Du doigt, il indiquait un ouvrier assis au bord de la chaussée, la tête dans les mains.

— Il a réussi à sauter avant que le camion ne heurte le garde-fou, mais le conducteur est resté coincé dans la cabine et nous ne savons s'il est encore vivant.

— Prenez votre voiture et allez aussi vite que possible avertir les gens de la réserve forestière, lui ordonna Mark, tandis que Jessica saisissait sa trousse et s'approchait du blessé. Demandez-leur d'amener une grue pour remettre le camion sur ses roues et de téléphoner à l'hôpital de

Louisville. Qu'ils envoient une ambulance de toute urgence.

— Entendu, docteur.

— Cet homme n'a que des contusions et des écorchures sans gravité, annonça Jessica en voyant Mark se diriger vers elle. Mais dans quel état est le chauffeur coincé dans la cabine?

— Je voudrais bien le savoir, moi aussi, mais il faudra pour cela que le camion soit remis sur la route.

— On ne peut pas attendre, voyons! se récria Jessica en prenant dans sa trousse quelques instruments de première urgence qu'elle roula dans son écharpe.

— Mais... que faites-vous? demanda sèchement le médecin tandis qu'elle nouait les deux extrémités de l'écharpe autour de son cou et glissait le paquet à l'intérieur de son chemisier.

— Je vais grimper à l'arrière du véhicule et essayer d'atteindre la cabine par ce chemin, expliqua-t-elle en rendant grâce au ciel d'avoir mis un pantalon ce jour-là. Il faut absolument que j'arrive jusqu'à cet homme.

— Vous êtes folle? Ce camion pourrait basculer au moindre souffle de vent!

— Je suis légère comme un oiseau, vous me l'avez dit vous-même un jour. C'est normal que j'y aille.

— Je vous interdis de le faire! explosa le médecin avec violence.

— Pour l'amour de Dieu, Mark, cria-t-elle, songez qu'il est peut-être en train de perdre tout son sang!

— Jessica, vous n'allez pas risquer votre vie...

— Je préfère risquer ma vie à tenter d'en sauver une autre que de rester ici sans rien faire!

— J'ai une corde dans ma voiture, coupa un homme qui avait écouté leur discussion orageuse. Nous pourrions l'attacher au camion et la fixer à ce gros arbre de l'autre côté de la route. Pendant ce temps-là, on pourrait demander à des volontaires de tasser des cailloux à l'arrière du camion, histoire de faire contrepoids à cette demoiselle.

– C'est de la folie, fit Mark en se retournant brusquement.

– Pas du tout, contra Jessica. C'est une excellente idée, mais il n'y a pas un instant à perdre.

L'homme réussit à galvaniser les témoins et, cinq minutes plus tard, Jessica se préparait à se hisser sur le camion.

– Vous prenez des risques pour quelqu'un qui est peut-être déjà mort, souffla Mark.

– Je tiens à m'en assurer. Ce camion est en position trop instable pour pouvoir supporter votre poids, vous le savez bien.

– Oui, mais...

– Aidez-moi à monter, coupa-t-elle.

Le visage étrangement pâle sous son hâle, il fit un pas en avant.

– Je vous en supplie, Jessica, soyez prudente, chuchota-t-il d'une voix rauque.

– Je vous le promets.

Le soulevant par la taille, il la déposa sur le plancher du camion. Elle s'agrippa à la rambarde. Sous son poids, pourtant léger, le véhicule oscilla dangereusement. D'un timbre méconnaissable, Mark hurla un ordre. D'autres pierres furent ajoutées en hâte aux premières pour rétablir l'équilibre précaire tandis que des hommes tendaient un peu plus la corde.

Jessica transpirait autant de chaleur que de terreur. Mais elle voulait à tout prix atteindre le blessé. Elle progressait lentement sur le plancher constellé de bouses qui empestaient. Le plus dur restait encore à faire.

Arrivée derrière la cabine, elle enjamba la rambarde et, ce faisant, se trouva au-dessus de l'abîme. Elle distinguait la voix de Mark hurlant des instructions. Les mains crispées sur la rambarde, elle avança lentement la jambe vers le marchepied. Ayant réussi à y prendre appui, elle lâcha sa prise et baissa la poignée de la cabine. La portière s'ouvrit en grinçant et Jessica se glissa à l'intérieur avec un certain soulagement. Précautionneusement, elle s'assit à côté du conducteur affalé sur le volant.

Il avait une profonde entaille à la tempe. Une écume rosâtre suintait à ses lèvres. D'une main sûre, la jeune fille palpa le corps inerte pour localiser les autres blessures éventuelles.

— Jessica! entendit-elle appeler Mark.

— Il est vivant! cria-t-elle à son tour.

Vivant... oui, mais dans un inquiétant état de choc, se disait-elle avec angoisse. Son pouls était très faible, très rapide.

En hâte, elle sortit l'écharpe de son chemisier, la déroula pour y prendre ses instruments et se mit à l'œuvre. Elle n'avait plus aucune notion du temps qui passait ni du danger qu'elle courait. Son seul souci était de faire l'impossible pour sauver l'homme toujours inconscient.

— Tenez bon, vociféra Mark dix minutes plus tard. La grue est là.

Au milieu des grincements, des appels, des ordres, Jessica, impavide, continuait de donner ses soins au blessé. De temps à autre, elle s'épongeait le front de son avant-bras. Mon Dieu, pourvu que les secours n'arrivent pas trop tard!

— Ne bougez pas, Jessica, et cramponnez-vous! hurla le médecin. On va soulever le camion. Attention aux secousses!

— Allez-y, je suis prête, répondit-elle en calant ses pieds contre le tableau de bord et en immobilisant de son mieux le blessé contre elle.

Les minutes suivantes lui parurent durer une éternité. Le camion oscillait dangereusement au-dessus de l'abîme.

Soudain, ô miracle, il se retrouva sur la terre ferme. Au même moment, l'ambulance arriva dans le rugissement de ses sirènes. La porte de la cabine s'ouvrit avec violence.

– Jessica!

L'élégant Mark Trafford qui venait de jeter ce cri angoissé était méconnaissable avec son visage livide et ruisselant, sa chemise collée à son torse et son pantalon gris de poussière.

– Jessica, répéta-t-il en se passant une main tremblante dans ses cheveux ébouriffés.

– Aidez-moi, Mark, fit-elle d'une voix aussi calme que possible. J'ai fait tout ce que j'ai pu. Mais il est inconscient et je crains de gros dégâts au thorax...

Sans mot dire, il la prit par la taille et la posa à terre avant d'aider à installer le blessé sur un brancard.

– Je vais avec lui, déclara Jessica en suivant les ambulanciers.

– Je vous retrouverai à l'hôpital, répliqua laconiquement le médecin.

7

Le temps jouait contre Jessica. L'homme allongé sur la table d'opération avait subi de multiples lésions internes. L'anesthésiste venait d'avertir le jeune médecin que la tension du blessé s'affaiblissait dangereusement. Cinq minutes de plus, c'est tout ce dont elle avait besoin. Seulement cinq minutes de plus...

Mark était là. Son aide était inestimable. Sans mot dire, ils luttaient de toutes leurs forces chacun de leur côté pour sauver une vie. Jessica était inondée de sueur. Une aide-soignante lui épongeait régulièrement le front. Mais les mains gantées de la jeune fille restaient fermes et précises, tandis qu'étaient réparés un à un les dégâts causés à des organes vitaux par les côtes fracturées.

— C'est fini, docteur Neal.

Les mots chuchotés de l'anesthésiste brisèrent le silence religieux de la salle d'opération. Jessica arrêta le geste commencé et jeta ses instruments dans le plateau tendu par l'instrumentiste. Elle avait perdu.

— Refermez, entendit-elle Mark ordonner à l'infirmière tandis qu'elle quittait la salle et se dirigeait en hâte vers les douches réservées au personnel féminin.

Elle avait besoin d'être seule, au moins pour quelques minutes. Elle se déshabilla lentement, sans même savoir ce qu'elle faisait. Avait-elle commis une faute professionnelle? se demandait-elle en laissant l'eau froide ruisseler sur son corps enfiévré. Elle essayait de revoir les différentes phases de l'opération, mais son cerveau embrumé refusait de fonctionner correctement. Son pantalon et son chemisier tachés de sang lui rappelaient cruellement ses vains efforts pour sauver une vie. Ah, si seulement elle avait eu un peu plus de temps! Si seulement...!

Mark l'attendait derrière la porte des douches. Il ne s'était pas encore changé.

— Vous sentez-vous bien? demanda-t-il avec sollicitude.

— Mais oui, très bien, réussit-elle à articuler sans le regarder.

— Ce sont des choses qui arrivent, Jessica.

— Je sais, répondit-elle avec un pâle sourire.

— Vous avez fait tout ce qui était humainement possible de faire.

— Oui.

Les larmes l'étouffaient. Mais elle ne voulait pas se laisser aller à l'émotion devant le médecin. Détournant la tête, elle murmura :

— Je vais aller compléter le dossier et veiller à ce qu'on prévienne les proches.

— Jessica, chuchota-t-il en la prenant aux épaules, Jessica, promettez-moi de ne plus jamais risquer votre vie ainsi!

Leurs yeux se croisèrent. Ils revivaient les minutes angoissantes qu'elle avait passées sur ce camion en équilibre instable au bord du ravin. A cet instant, elle se sentit étrangement proche de son compagnon. Mais le regard du médecin ne révélait rien de ses sentiments. Avec un soupir, elle se dégagea.

— Bonsoir, Mark, fit-elle avant de s'éloigner avec raideur le long du couloir, sans oser essuyer les larmes roulant sur ses joues de crainte de se trahir.

Le lendemain, parut dans la presse locale un article dithyrambique sur « l'héroïque exploit » de Jessica. A peine si la jeune fille y jeta un coup d'œil. Elle ne voyait aucun héroïsme dans le fait de s'être portée au secours d'un homme en danger qu'elle n'avait même pas réussi à sauver.

Deux jours plus tard, en fin d'après-midi, on frappa à sa porte. C'était Mark, avec son habituel sourire moqueur sur ses lèvres sensuelles.

– Inutile de me le dire, fit-elle ironiquement. Vous passiez, n'est-ce pas, et quand vous avez vu de la lumière, vous avez pensé que je vous offrirais bien une tasse de café...

– Vous mettriez-vous par hasard à lire dans mes pensées?

– Dieu m'en préserve! s'exclama-t-elle en le précédant vers la cuisine. Je vais mettre de l'eau à chauffer.

– Megan est-elle déjà couchée? demanda-t-il en la regardant mettre le café soluble dans les tasses.

– Oui. Mais elle n'est pas ici. Quand je suis de permanence, elle dort chez Peter et Vivien.

– Je vois...

Un silence tomba. Lorsque Jessica eut poussé une tasse fumante devant lui, le médecin reprit :

– Il me semble que cette petite passe plus de temps chez les O'Brien que chez vous...

– Je ne suis pas toujours là, c'est un fait. Vivien aime beaucoup les enfants et me remplace volontiers...

– Comme c'est commode! fit-il avec cynisme.

– Où voulez-vous en venir? s'enquit Jessica en prenant place en face de lui.

– A mon avis, vous avez fait venir Megan dans une intention très précise...

– Ah bon?

– Ne faites pas l'innocente, Jessica. Les O'Brien n'ont

pas d'enfant, et Megan est orpheline. N'est-il pas naturel d'essayer de les réunir?

Jessica ne répondit pas.

— J'ai toujours affirmé que les femmes médecins se laissaient entraîner par leurs sentiments, poursuivit-il sur un ton sarcastique.

— Mark, je vous supplie de...

— Je ne dirai rien, Jessica, si c'est ce que vous craignez, coupa-t-il. Je voulais seulement vous entendre confirmer mes soupçons.

— Comment avez-vous deviné?

— C'est simple. Quand Peter ne discute pas de médecine, il ne parle que de Megan, encore de Megan, toujours de Megan...

— Ce serait une solution idéale, non?

— Je le reconnais. N'oubliez pas cependant qu'on ne manipule pas les gens comme on veut.

— J'espère tout de même que les choses tourneront bien, déclara-t-elle avec entêtement.

— Ah, c'est bien d'une femme! railla-t-il en posant les coudes sur la table. Que se passera-t-il si votre plan échoue, répondez-moi?

— Évidemment, je serai déçue.

— Et la pauvre enfant sera remise au train et renvoyée à l'orphelinat comme un paquet au rebut!

— Ne parlez pas ainsi, c'est horrible!

Avec une précision infaillible, Mark avait mis le doigt sur la plaie.

— Regardez les choses en face, Jessica, insista-t-il. Pendant ces quelques semaines, vous avez donné à cette petite un avant-goût de paradis. Ce sera effroyable pour elle de se réhabituer à l'atmosphère impersonnelle de cet établissement.

— Taisez-vous, pour l'amour du ciel! s'écria-t-elle d'une voix enrouée.

D'un bond, elle se leva et s'approcha de la fenêtre en contemplant le jardin plongé dans l'ombre.

– Vous n'aviez pas pensé à cela, hein?

– Oh que si! rétorqua-t-elle avec feu en se retournant brusquement pour se trouver nez à nez avec le médecin. En cas d'échec, c'est moi qui porterai le poids du remords, pas vous!

– Vous êtes ravissante quand vous êtes en colère!

– Taisez-vous, s'exclama-t-elle, saisie d'un trouble indicible, allez-vous-en et laissez-moi tranquille! Je ne vous ai rien demandé!

– Est-ce ma faute si vous avez mauvaise conscience?

– J'ai la conscience pure, lança-t-elle en le défiant du regard.

– En êtes-vous bien certaine?

Le regard énigmatique du médecin la remplissait d'un curieux malaise.

– Si vous ne partez pas maintenant, je...

Mark la réduisit au silence en s'emparant de ses lèvres avec une passion qui la mit au bord du vertige. Les bras noués autour de son cou, elle se cambra instinctivement pour être plus proche encore de ce long corps dur et musclé, et répondit à ses baisers avec un élan, un abandon, une violence dont elle ne se serait pas crue capable. Elle sentait bien que c'était jouer avec le feu, mais sa volonté était comme abolie. Son bon sens lui revint brusquement lorsqu'il releva la tête.

– Vous disiez? s'enquit-il d'un ton moqueur.

Une vague de honte l'envahit. S'arrachant à son étreinte, elle fit un pas en arrière.

– V... vous feriez mieux de vous en aller, réussit-elle à articuler en s'efforçant désespérément de contrôler le tremblement de tout son corps.

– Vous voulez vraiment que je m'en aille? interrogea-t-il d'une voix sourde et sensuelle en la reprenant dans ses bras.

Ses caresses de plus en plus audacieuses plongèrent la jeune fille dans un monde de sensations exquises. En proie à un désir insidieux, elle se laissa aller contre la poitrine du médecin. Celui-ci eut une sorte de rire triomphant. Elle se raidit aussitôt. Mark était maître de la situation et ne le savait que trop. Non, elle n'allait tout de même pas se conduire comme une fille facile!

– Mark, je vous en prie, balbutia-t-elle, lâchez-moi...

– Bon, bon, soupira-t-il. Cela valait le coup de tenter ma chance.

Trois secondes plus tard, la porte d'entrée se referma derrière lui. Jessica était toujours dans la cuisine, tremblant comme une feuille et maudissant sa faiblesse. Elle l'aimait, certes, mais ce n'était pas une excuse pour s'être laissée aller de la sorte. Que devait-il penser d'elle maintenant? Qu'elle était prête à prendre la place de Sylvia Summers? A cette seule idée, elle se sentait soulevée de dégoût.

Les jours suivants, elle fut trop occupée pour s'appesantir sur ses états d'âme. Mais elle ne parvenait pas à oublier leur conversation au sujet de Megan. Chaque fois qu'elle y songeait, c'était avec un malaise croissant.

La veille du départ de la petite, ce fut un supplice. Elles avaient dîné toutes les deux en silence dans la cuisine. Une fois la vaisselle faite et la pièce rangée, Jessica entraîna sa protégée vers le canapé du salon.

– Tu me parais toute triste, ce soir, fit-elle en serrant l'enfant contre elle. Qu'est-ce qui ne va pas?

– Je m'en vais demain, répondit laconiquement Megan dont les lèvres se mirent à trembler.

– Tu as été contente de tes vacances? demanda Jessica, le cœur atrocement serré.

– Oh oui, mais je voudrais tant rester encore!

Voyant les yeux de la petite fille s'emplir de larmes, Jessica la prit sur ses genoux pour la consoler.

– Dis-moi, ma chérie, qu'est-ce qui te plaît le plus à Louisville?

– Oh tout! répliqua Megan. J'aime bien Frances. Elle est très gentille. Nous nous écrirons. Et... et puis... euh... j'aime beaucoup tante Vivien et oncle Peter... Presque autant que maman et papa... acheva l'enfant en se blottissant dans les bras de Jessica dont les yeux brillaient étrangement.

Une demi-heure plus tard, après avoir bordé Megan dans son lit, Jessica se glissa hors de la maison et traversa le jardin illuminé par le clair de lune. Ses pas la portaient malgré elle chez les O'Brien. Elle n'avait encore aucune idée de ce qu'elle allait leur dire. Elle savait seulement qu'il fallait dénouer la situation.

Il y avait de la lumière dans le bureau de Peter dont les portes-fenêtres étaient restées grandes ouvertes. Sans faire de bruit, Jessica monta les quelques marches conduisant à la véranda. Un murmure de voix venant de la pièce la fit reculer dans l'ombre.

De l'endroit où elle était, elle aperçut Vivien debout dans les bras de Peter, les épaules secouées de sanglots.

– Je ne peux pas la laisser repartir, Peter! entendit-elle Vivien prononcer d'une voix mouillée de larmes. C'est impossible.

Un fol espoir envahit Jessica qui fit silencieusement demi-tour. Ou elle se trompait fort, ou elle ne tarderait pas à recevoir une visite...

En effet, un moment après, on frappa au carreau de la cuisine. Le cœur battant, elle referma le couvercle de la théière avant d'aller ouvrir.

– Entrez, fit-elle en souriant à ses amis. Je viens de faire du thé. Vous me tiendrez bien compagnie?

– A condition que ce soit à la cuisine, sans cérémonie, réclama Peter.

– Comme vous voulez, répondit Jessica en sortant les tasses.

Vivien avait visiblement tenté d'effacer la trace de ses larmes. Mais ses mains tremblaient encore. Un silence contraint s'abattit quelques secondes sur eux.

– Jessica... commença la jeune femme d'une voix entrecoupée. Je... nous sommes venus vous parler de Megan...

– De Megan? s'enquit Jessica en s'efforçant de dissimuler son émotion.

– Nous voudrions l'adopter, déclara Peter.

– Oh, fit la jeune fille.

– Personne ne peut la réclamer, n'est-ce pas? demanda Vivien avec angoisse.

– Non, non, répondit Jessica, elle est seule au monde.

– Alors, il ne devrait pas y avoir de problèmes, déclara Peter en souriant à sa femme avec bonté.

– Il vaudrait mieux en discuter d'abord avec Megan, fit celle-ci, au cas où... où...

– Si vous voulez, je vais la chercher. Je ne pense pas qu'elle dorme encore.

– Une minute, Jessica, dit Peter en l'arrêtant. Voici nos intentions. Nous préférerions que Megan ne retourne pas à Johannesburg. Elle pourrait très bien terminer son année scolaire à Louisville.

– Cela devrait pouvoir s'arranger, sourit Jessica. Mon père a suffisamment de relations là-bas pour accélérer les formalités.

Peter et Vivien échangèrent un regard plein d'espoir.

– Et maintenant, supplia l'épouse du médecin, pourrions-nous voir Megan?

– Je vous l'amène.

Un instant plus tard, Jessica était penchée sur le lit de l'enfant.

– Megan, ma chérie, oncle Peter et tante Vivien sont ici. Ils voudraient te parler.

Tout en enfilant sa robe de chambre et ses pantoufles, Megan bombardait la jeune fille de questions.

– Suis-moi, se contenta de répondre celle-ci, avant de prendre la fillette par la main.

Pendant quelques secondes, les O'Brien dévisagèrent Megan en silence. Un peu interloquée, la petite les regardait gravement.

– Viens ici, Megan, fit enfin Vivien en lui tendant les mains.

Sans hésitation, l'enfant s'approcha et posa ses menottes sur celles de la jeune femme.

– Aimerais-tu rester ici avec nous? s'enquit Vivien d'une voix étranglée.

– Vous voulez dire... euh... avec... avec vous et oncle Peter?

– Oui.

– Pour de bon? fit-elle, les yeux écarquillés par la stupéfaction.

– Oui. Tu serais notre petite fille à nous.

Visiblement, Megan avait de la peine à en croire ses oreilles.

– Vous voulez m'adopter?

– Oui, mais... seulement si tu le désires aussi.

Les larmes jaillirent sur les joues de Megan qui se jeta dans les bras de Vivien en s'écriant :

– Oh oui, bien sûr que oui!

Riant et pleurant tout à la fois, Vivien appuya son front contre les boucles blondes.

– Oh, ma chérie, ça va être merveilleux de t'avoir avec nous!

Jessica contemplait avec une poignante émotion le tableau attendrissant offert par la belle jeune femme brune serrant tendrement contre elle l'enfant aux cheveux d'or. Elle se ressaisit en sentant posé sur elle le regard scrutateur de Peter.

– Alors, questionna Megan, je ne repartirai pas à Johannesburg?

– Non, ma chérie, affirma Peter. Désormais, tu resteras avec nous.

– Quel bonheur! s'exclama la fillette en se jetant à son cou.

Il y eut quelques instants de joie indescriptible. Tout le monde parlait à la fois. Des larmes d'émotion brillaient dans tous les yeux.

– Megan, mon trésor, finit par dire Vivien, c'est l'heure d'aller au lit. Je viendrai te chercher demain matin pour te conduire chez nous.

– Bonsoir, murmura l'enfant, le visage illuminé de bonheur. Merci de vouloir que je sois votre petite fille.

Au retour de Jessica, les O'Brien se levèrent pour prendre congé.

– Je vais téléphoner ce soir à mon père pour lui demander de faire le nécessaire, assura Jessica.

– Êtes-vous bien certaine de son pouvoir de persuasion? s'enquit Peter.

– Oh oui, sourit Jessica.

– Nous nous en remettons à vous, déclara Peter en prenant sa femme par le bras.

Une fois ses amis partis, Jessica resta un instant immobile, le cœur gonflé d'allégresse, avant de se précipiter vers le téléphone.

Si Jonathan Neal fut surpris de la requête de sa fille, il n'en manifesta rien. Il lui promit simplement de la prévenir dès qu'il aurait pu joindre les autorités concernées.

Ce soir-là, la jeune fille eut de la peine à s'endormir tant elle était bouleversée. Comme convenu, Vivien fut là très tôt le lendemain pour emmener Megan. A peine Jessica était-elle entrée dans son bureau qu'on l'appela de Johannesburg.

– Tout est réglé, Jessica, lui annonça son père. Les formulaires d'adoption vont être établis et expédiés dès que possible au juge de Louisville.

Cinq minutes plus tard, Jessica faisait part de cette bonne nouvelle à Peter dont le visage trahit un intense soulagement.

– Merci, Jessica, dit-il avec un sourire plein de gratitude.

Puis l'expression intriguée qu'elle lui avait vue la veille traversa de nouveau ses yeux, et il ajouta :

– Hier soir, vous n'avez pas du tout paru surprise de notre désir d'adopter Megan...

Ce n'était pas une question, c'était une constatation. Et Jessica répondit franchement :

– Au moment de la naissance de Logan, j'ai remarqué à quel point Vivien se sentait frustrée de n'avoir pas d'enfant à elle et...

– Et vous avez fait entrer Megan dans notre vie avec une idée bien arrêtée, acheva-t-il à sa place. C'est bien ça ?

– C'était une entreprise risquée... Mais le jeu en valait la chandelle, non ?

– Vous êtes une magicienne, Jessica, déclara-t-il après un long silence pensif. Depuis des années, nous avons toujours agi, Vivien et moi, comme si le fait d'être sans enfants nous était égal. Oui... jusqu'au jour où Megan Leigh nous a ensorcelés avec ses boucles blondes et son regard bleu affamé d'affection. Il a suffi d'un de ses sourires enjôleurs pour nous faire prendre conscience du vide fondamental d'une existence par ailleurs bien remplie. Je ne sais comment vous exprimer notre reconnaissance, Jessica, termina-t-il en détournant la tête avec une sorte de pudeur.

– Surtout ne me remerciez pas, répliqua la jeune fille en repartant rapidement vers son bureau. Je n'ai été que l'instrument du destin.

Jessica se sentait le cœur en fête. Rien ne pouvait l'abattre, même pas les remarques sarcastiques de Mark Trafford.

– Alors, commenta ironiquement le médecin, d'un coup de baguette magique, la petite fée du Transvaal a fait le bonheur d'une pauvre orpheline et d'un couple sans enfants.

– Vous ne partagez pas leur joie, Mark?

– Si, bien sûr, acquiesça-t-il avec un sourire cynique. Mais vous pouvez remercier votre bonne étoile. Les choses auraient pu mal tourner.

– Je remercie ma bonne étoile, je suis surtout contente de n'avoir pas à m'entendre répéter par vous sur tous les tons : « Je vous l'avais bien dit! »

– Vous m'avez mal compris, Jessica. Loin de moi l'idée de déprécier ce que vous avez fait. Mais vous avez couru un risque considérable. Vous auriez pu faire le malheur d'une innocente.

– Je le sais, répliqua-t-elle sur un ton hargneux. J'ai passé des nuits sans sommeil à me demander si je n'avais pas commis une erreur en faisant venir Megan à Louisville. Grâce au ciel, tout est bien qui finit bien, et je vous serais obligée de garder pour vous vos réflexions désagréables!

– Votre rôle de médecin est de vous occuper du bien-être physique de vos malades et non de leurs problèmes personnels. Si vous devez continuer dans cette voie, je crois que vous feriez mieux d'abandonner la médecine et de vous installer comme conseillère conjugale ou de travailler dans un centre psycho-pédagogique.

– Eh bien, savez-vous? lui lança-t-elle rageusement. J'y songeais justement!

Du regard, ils se défièrent. Soudain, Mark la saisit par les poignets et l'attira contre lui.

– Eh bien, savez-vous? l'imita-t-il railleusement. Plus vous êtes en colère et plus vous êtes désirable!

Elle n'eut pas le temps de protester qu'il s'était emparé de ses lèvres. Elle ne résista pas. Les mains crispées autour de sa nuque, elle se laissa aller dans ses bras. Leurs deux corps ne faisaient plus qu'un. Leurs bouches étaient soudées comme s'ils avaient voulu se fondre l'un dans l'autre.

Ils étaient perdus dans cet interminable baiser lorsqu'ils sursautèrent en entendant frapper. Mark lâcha brusquement Jessica qui se détourna pour dissimuler son visage empourpré.

— Vous faites des heures supplémentaires, à ce que je vois! plaisanta Emily Hansen en prenant les dossiers sur le bureau de Jessica.

— Nous allions partir, déclara Mark avec un sang-froid que la jeune fille lui envia.

— Remarquez, c'est aussi bien que vous soyez encore ici, docteur Trafford. L'hôpital vient d'appeler. On vous demande de passer voir Mme Leroux qui se plaint de troubles respiratoires.

Une fois la porte refermée derrière lui, Jessica croisa le regard songeur d'Emily Hansen.

— Vous êtes un tout petit bout de femme, observa gentiment l'infirmière, mais en trois mois vous vous êtes imposée. Vous avez gagné l'admiration et le respect de tous. Ah, votre départ fera bien des malheureux dans notre petite ville!

— J'ai fait mon travail de mon mieux, c'est tout, bredouilla Jessica, un peu gênée, en affectant de vérifier le contenu de sa trousse.

— Vous allez plus loin que beaucoup de médecins, insista Miss Hansen. Pour vous, les malades ne sont pas seulement des numéros, des corps souffrants. Ce sont également des créatures du Bon Dieu, avec leurs peurs, leurs misères, leurs peines cachées... Prenez le docteur O'Brien, par exemple...

– Le docteur O'Brien est un remarquable médecin, coupa Jessica avec chaleur.

– Je ne le conteste pas, sourit Emily Hansen. Mais regardez ce que vous avez fait pour lui. Je ne lui ai jamais vu cet air radieux. Bien sûr, nous savions tous que sa femme ne pouvait avoir d'enfants. Mais on n'en parlait jamais. Ils n'avaient pas l'air d'en souffrir et personne ne se tracassait pour eux. Vous êtes arrivée, vous avez deviné le vide de leur existence... et surtout, vous vous êtes efforcée de le combler au lieu de l'ignorer...

– Les circonstances m'ont favorisée, Miss Hansen. Si je n'avais pas eu une petite amie comme Megan Leigh, rien n'aurait sans doute changé dans la vie des O'Brien.

– Je persiste à dire que vous avez accompli un miracle, déclara l'infirmière, et je n'en démordrai pas!

8

Une semaine plus tard, Jessica était en train de faire sa tournée à l'hôpital lorsqu'elle fut rappelée de toute urgence au cabinet.

Dix minutes après, non sans avoir pris des libertés avec la limitation de vitesse, elle retrouva Mark dans le bureau de Peter.

— Je viens d'avoir un appel de l'infirmière du district d'un petit village au nord du Venda, leur expliqua celui-ci sans perdre de temps. Le chef Cedric Kapufu devrait être examiné d'urgence par un médecin. En raison de son âge, l'infirmière hésite à le faire transporter au dispensaire le plus proche.

— A-t-on une idée de ce dont il souffre? s'enquit Mark.

— L'infirmière soupçonne une appendicite, mais elle n'en est pas certaine, répondit Peter. Cela semble ennuyeux. Je vous suggère de vous faire accompagner par Jessica.

— Cela va nous prendre plus de trois heures en voiture, fit remarquer pensivement Mark. Les routes sont très mauvaises.

— Je demanderais bien à Bernard de vous y conduire en avion, mais il n'a qu'un biplace.

— Si votre beau-frère acceptait de me confier son appareil, proposa Jessica, je puis fort bien emmener le docteur Trafford.

Les deux hommes la regardèrent avec une surprise teintée d'incrédulité.

– Vous avez déjà volé? s'étonna Mark.

– J'ai mon brevet de pilote, rétorqua Jessica. Vous voulez peut-être le voir?

– J'appelle « Bellevue », coupa Peter. Si Bernard n'est pas là, Olivia pourra sans doute le faire prévenir.

Cinq minutes plus tard, Peter se tournait vers ses collègues avec un sourire satisfait.

– A votre arrivée chez les King, vous trouverez l'avion prêt à décoller. Entre-temps, je rappellerai l'infirmière du district et la préviendrai de votre arrivée pour qu'elle puisse prendre les dispositions nécessaires.

– Il n'y a pas une minute à perdre, décréta Mark qui se dirigea vers la porte à grandes enjambées, Jessica sur les talons.

La Mustang et l'Alfa atteignirent presque ensemble l'aérodrome de fortune où les attendait Bernard à côté du petit Cessna rouge et blanc. Conscient de l'urgence de leur mission, le Roi du Bétail ne gaspilla pas de temps en vains discours. Il se contenta d'expliquer à Jessica le meilleur itinéraire, tandis que Mark les regardait sans enthousiasme.

– Courage, Mark! lança Bernard en tapant sur son épaule d'une manière amusée. Si Jessica pilote avec autant de maestria qu'elle met les enfants au monde, alors vous êtes en bonnes mains!

Mark fit une grimace éloquente.

– Je préférerais me trouver à mille lieues d'ici!

– Lâche! railla Jessica.

– Quand une femme tient le manche à balai, on peut craindre le pire!

– Merci de votre assistance, dit Jessica à Bernard sans relever la réflexion désobligeante du médecin.

– De rien, sourit le géant en lui serrant énergiquement la main.

D'un pas décidé, Jessica s'approcha de l'appareil. Elle y grimpa en rendant grâce au ciel d'avoir mis ce jour-là des souliers plats et une jupe large. Mark la suivit en soupirant ostensiblement. Ils bouclèrent leurs ceintures de sécurité et mirent leurs écouteurs.

– J'espère que vous savez ce que vous faites, murmura Mark tout en la regardant enclencher le contact et pousser différents boutons.

– Détendez-vous, lui conseilla-t-elle en riant. Nous arriverons entiers, je vous le garantis.

– Morts ou vifs? s'enquit-il sur un ton caustique.

– Vivants, du moins je le suppose. Maintenant, taisez-vous. Laissez-moi me concentrer.

Elle mit le moteur en marche et établit la liaison radio avec la tour de contrôle la plus proche. Quelques instants plus tard, le Cessna roulait sur la piste. Peu à peu, Jessica mit les gaz. L'appareil bondit en rugissant. Elle tira sur le manche à balai et l'avion décolla en douceur.

– Hum, grogna Mark, pas mal...

– J'ai derrière moi plusieurs centaines d'heures de vol, vous savez.

La jeune fille était trop heureuse de se retrouver aux commandes d'un avion pour se soucier des réflexions de son compagnon. Le temps était idéal pour voler, songeait-elle en prenant la direction du nord-est. Si tout allait bien, ils seraient à destination d'ici une demi-heure.

– Y a-t-il une salle d'opération au dispensaire? demanda-t-elle soudain.

– Pas à ma connaissance. Je pense qu'ils possèdent quand même un équipement rudimentaire...

– Que ferons-nous si le malade est intransportable?

– Eh bien, nous opérerons sur place.

– Si je comprends bien, ironisa-t-elle, vous êtes à vous seul un véritable hôpital de campagne...

– Que voulez-vous dire? demanda-t-il sèchement. Vous savez parfaitement qu'en cas de nécessité absolue nous devrons opérer.

– Je sais. Je vous renvoyais simplement la balle...

– Ah, je vois... Vous faites allusion aux reproches que je vous ai adressés au moment de l'accouchement d'Olivia?

– Exactement.

– Les circonstances ne sont pas les mêmes.

– Je ne suis pas de cet avis, protesta Jessica. En fait, les risques sont encore plus considérables aujourd'hui.

– Nous n'allons pas nous disputer pour cela!

– Vous aurez toujours raison! soupira-t-elle.

Un silence tomba.

– Vous boudez maintenant?

– Je ne boude pas, Mark. Je m'efforce de suivre votre raisonnement tortueux.

– C'est on ne peut plus simple, expliqua-t-il sur un ton docte. En cas d'urgence, il faut se débrouiller avec les moyens du bord.

– Parfaitement! lança-t-elle du tac au tac.

– Alors... Je ne vois pas où est le problème?

– La naissance du petit Logan était une urgence. Je me suis donc arrangée pour y faire face. Je n'ai jamais compris pourquoi vous me l'aviez reproché.

– Dans ce genre de situations, un homme garde son sang-froid, tandis qu'une femme...

– Oh, l'interrompit Jessica, vous n'allez pas recommencer! Je ne vous aurais jamais cru si misogyne!

– Je le suis comme tous les hommes. Mais tel n'était pas mon propos. J'estime que les femmes se laissent obnubiler par les sentiments.

– Vous avez un peu tendance à vous répéter, docteur Trafford! Aidez-moi plutôt à chercher le terrain. On devrait l'apercevoir maintenant...

Dix minutes plus tard, Jessica exécutait un atterrissage impeccable. A leur sortie de l'appareil, un homme bien habillé vint à leur rencontre et se présenta comme Patrick Kapufu, le frère du chef Cedric. Sans perdre une minute, il les fit monter dans une luxueuse limousine noire.

A l'arrivée au village, Jessica eut un choc. Elle ne s'était pas attendue à voir quelqu'un d'aussi important allongé sur une simple natte posée à même le sol d'une hutte en torchis. Celle-ci se composait en tout et pour tout de quatre pièces, un salon, une cuisine et deux chambres à coucher. C'était vraiment rudimentaire. Mais tout était d'une propreté méticuleuse. Et le toit de chaume dispensait une agréable fraîcheur.

Le chef Cedric devait être un bon vivant et apprécier la bonne chère. Il était massif et ventripotent. Pour l'heure, il se tordait sur le sol, visiblement en proie à d'atroces souffrances.

Une infirmière en uniforme bleu s'avança et leur apprit qu'elle était Miss Ravele. Ils s'approchèrent tous trois du malade et s'agenouillèrent à ses côtés.

— Ah, je souffre, docteur! gémit le chef qui avait reconnu le médecin. Je souffre comme un damné.

— Je veux bien le croire, déclara Mark tout en l'examinant soigneusement.

— Qui est cette femme? demanda Cedric Kapufu en apercevant Jessica. C'est votre épouse?

— Non, je ne suis pas marié, répondit le médecin en grimaçant un sourire. C'est le docteur Neal.

— Un homme doit prendre une compagne, marmonna fiévreusement le chef Cedric qui se tenait le ventre à deux mains.

Les médecins s'étaient éloignés de quelques pas avec l'infirmière.

— Votre diagnostic est exact, Miss Ravele, dit Mark. Il s'agit bien d'une crise d'appendicite aiguë.

– Qu'allez-vous faire? s'enquit Jessica.

– Il est intransportable, et nous n'avons plus le temps. Ce serait trop dangereux.

– Vous allez l'opérer ici? demanda la jeune fille avec une expression horrifiée.

– Je n'ai pas le choix, répliqua-t-il avant de donner ses instructions à l'infirmière. Il nous faudra une table pour installer le chef, une lampe au bout d'un fil, de l'eau bouillie et du désinfectant, sans compter des bras pour soulever le malade.

Miss Ravele fit exécuter les ordres du médecin avec une rapidité stupéfiante. Le frère du chef fournit la lampe qu'il brancha sur la batterie de sa voiture. Il fallut huit hommes pour installer le malade sur la table d'opération improvisée. Mark et Jessica vérifiaient les instruments stérilisés apportée avec eux tandis que l'infirmière préparait son auguste patient.

Lorsqu'ils furent tous autour de la table, le chef leva les yeux sur Mark.

– Si vous me guérissez, docteur, je vous donnerai dix bêtes pour acheter la femme que vous désirez.

Décidément, ce Cedric Kapufu avait de la suite dans les idées, se dit Jessica en réprimant un sourire.

– Nos coutumes sont différentes, chef Cedric, vous le savez, répondit posément Mark en vérifiant l'angle de la lampe suspendue aux chevrons.

– C'est pareil, marmonna le chef avec entêtement. Un homme doit avoir une épouse et, ajouta-t-il avec un clin d'œil dans la direction de Jessica, une femme doit prendre un époux. C'est la loi.

– Il ne faut plus parler, lui enjoignit le médecin. Nous allons vous endormir. Vous vous sentirez beaucoup mieux au réveil.

D'un hochement de tête, il fit signe à Jessica de commencer. La jeune fille injecta le penthotal dans la veine du patient. Quelques instants plus tard, elle leva les yeux sur son confrère.

– Vous pouvez y aller, Mark.

– Prête, Miss Ravele?... Bien, nous commençons.

Jessica n'avait jamais travaillé dans des conditions aussi rudimentaires. Cependant, Mark donnait une impression de confiance contagieuse. D'une main sûre, il pratiqua la première incision jusqu'au muscle. Lorsqu'il eut dégagé le caecum, il trouva l'appendice perforé. Les choses se compliquaient. Il s'agissait d'éviter une péritonite.

Un peu plus d'une heure après, on transportait l'opéré dans la pièce voisine où Miss Ravele avait fait installer un vrai lit.

Laissant l'infirmière veiller sur lui, Mark et Jessica rangèrent leurs instruments et sortirent dehors sous un soleil éclatant.

– Partirez-vous tout de suite, docteur? voulut savoir Patrick Kapufu après que le médecin l'eut mis au courant de l'état de son frère.

– Nous ne pouvons le laisser avant de nous être assurés que l'infection est jugulée, répondit Mark. Nous le saurons demain.

Jessica sursauta. Aucun d'eux n'avait pensé à se munir de vêtements de rechange et d'affaires de toilette. Ils n'avaient pas prévu cette complication...

– C'est aussi bien, approuva Patrick Kapufu. Nous avons ce soir une cérémonie très importante et nous serions heureux que vous y assistiez. Il s'agit de la « domba » qui est dansée par les jeunes filles se préparant au mariage. Les Blancs l'appellent « la danse du serpent ».

– Nous serons très honorés d'être des vôtres, assura Mark.

– Suivez-moi, dit Patrick. Je vais vous montrer vos cases.

Jessica envisageait avec la plus vive inquiétude cette

nuit dans une masure en torchis. Elle fut donc très surprise de constater que les cases mentionnées par Patrick ressemblaient en fait à des cabanes en rondins. Elles possédaient un mobilier moderne en pin et offraient même le luxe d'une salle de bains privée.

— Mon frère, le chef Cedric, continue à préférer le mode de vie d'autrefois, expliqua celui-ci en voyant la stupéfaction se peindre sur le visage mobile de Jessica, mais ces habitations sont destinées à nos hôtes.

— Je suis certaine que nous y serons tout à fait bien, assura Jessica en rougissant légèrement. Merci beaucoup.

— Désirez-vous que je téléphone au docteur O'Brien pour le prévenir que vous passerez la nuit ici? s'enquit Patrick.

— Je vous serais très reconnaissant, répondit Mark.

— J'ai demandé à l'une des épouses de mon frère de s'occuper de vous, ajouta leur compagnon. Dès que la lune sera levée, je viendrai vous chercher moi-même. La cérémonie ne commence qu'à la nuit.

— Si j'ai bien compris, observa Jessica, une fois que Patrick Kapufu se fut éloigné, nous allons avoir droit à un spectacle de choix?

— N'avez-vous jamais vu la danse du serpent? questionna Mark.

— Uniquement quelques images dans un documentaire, dit-elle en hochant la tête. Et vous?

— J'ai eu le privilège de voir exécuter cette danse peu après mon arrivée à Louisville. Mais elle vaut la peine d'être revue.

— Alors, je m'en réjouis d'avance, dit-elle en levant les yeux sur lui avec un timide sourire.

Mais déjà il se dirigeait à grands pas vers sa case. Il devait être aussi fatigué qu'elle. Avec un petit soupir, elle entra dans la sienne.

Elle avait à peine eu le temps d'en faire le tour qu'elle entendit frapper à la porte. Elle ouvrit. Une jeune femme lui tendit un plateau chargé de sandwiches et de jus de citron vert glacé. Jessica remercia chaleureusement. L'inconnue lui sourit de toutes ses dents blanches et disparut. Une fois restaurée, Jessica prit une longue douche rafraîchissante. Après quoi, sans remettre sa jupe ni son chemisier, elle décida d'essayer le lit. Le matelas était merveilleusement confortable. Fatiguée, elle s'endormit sans même s'en apercevoir.

Elle se réveilla en sursaut pour trouver Mark penché sur elle, son regard sensuel posé sur son corps à demi-nu. Le visage de la jeune fille s'empourpra.

— Le dîner est servi, annonça-t-il d'une voix traînante en détaillant tout à loisir les courbes harmonieuses de sa silhouette que révélait la dentelle de la combinaison. J'ai dit à la femme du chef de ne pas vous déranger. Elle a dressé une table pour deux dans ma case.

— Oh... Bien, je vous rejoindrai dans dix minutes.

— De grâce, plutôt cinq, lança-t-il du seuil de la porte. J'ai horreur du steak froid.

Une fois seule, Jessica respira plus librement et son cœur retrouva un rythme normal. Elle s'habilla rapidement. De la petite bourse qui ne la quittait jamais, elle sortit un peigne, du rouge à lèvres et un poudrier. C'était peu pour se refaire une beauté, mais il faudrait bien s'en contenter.

Ils firent un dîner délicieux. Le crépuscule était tombé. Il régnait sur ce coin du bout du monde un calme presque absolu.

Lorsque les rayons argentés de la lune commencèrent à filtrer à travers l'épaisse végétation, Patrick arriva. Ils prirent un sentier descendant vers la rivière près de laquelle avaient été allumés d'énormes feux.

— Chaque année, expliqua Patrick en les guidant vers un

banc, des jeunes filles convergent de toute la région vers le village du chef Cedric pour participer à ce rite initiatique. Ce soir, elles seront très nombreuses, environ cent cinquante.

Les deux médecins n'étaient pas les seuls spectateurs. La plupart des villageois étaient assis en cercle autour des feux. Soudain tout le monde se tut. La foule s'ouvrit pour laisser passer un homme de haute taille, à la coiffure empanachée et à la robe chamarrée et constellée de bijoux étincelants.

— C'est le maître de la « domba », chuchota Mark à sa voisine. « Domba », veut dire python.

L'homme était suivi par une file interminable de jeunes filles. A l'exception d'une bande de tissu brodé de perles enroulée autour des reins, elles étaient pratiquement nues. Lorsqu'elles eurent toutes pris place dans l'arène, le maître de la « domba » fit un signe, et elles se mirent à jouer en silence quelque chose que Jessica ne comprit pas tout d'abord.

— Quand nos jeunes filles se préparent au mariage, lui expliqua Patrick, elles suivent des cours. On leur apprend la morale et les usages de la vie conjugale. Elles sont en train de mimer ce qu'on leur a enseigné.

— Quel est le symbole du python? demanda Jessica dans un chuchotement.

— Le python est un serpent musculeux de très grande taille. Il est encore considéré comme un dieu par certaines tribus primitives.

Le mime dura un bon moment. Puis on entendit un roulement de tambour. Un frisson traversa l'assistance tandis que le maître de la « domba » criait quelque chose d'une voix caverneuse.

— Le python déroule ses anneaux, traduisit Patrick.

Et de fait, les cent cinquante jeunes filles serrées l'une derrière l'autre formèrent une ligne mouvante et sinueuse pour exécuter la danse du python. Jessica n'avait jamais contemplé de spectacle plus fascinant. Les flammes des brasiers jetaient des lueurs fauves sur les corps noirs à demi-nus des danseuses dont les mouvements souples et lascifs évoquaient à merveille le déroulement des anneaux du serpent fabuleux aux écailles d'agathe.

Infiniment troublée par le rythme obsédant des tams-tams, Jessica s'appuya tout naturellement contre Mark qui l'enlaça tout en effleurant sa tempe de ses lèvres. Ce fut ainsi qu'ils contemplèrent ce spectacle insolite.

Deux heures plus tard, quand les feux ne furent plus que des tas de braises rougeoyant dans l'obscurité, les danseuses épuisées se retirèrent, les tams-tams se turent. Après les avoir accompagnés un bout de chemin, Patrick Kapufu souhaita une bonne nuit à ses hôtes.

Encore envoûtée par la magie de cette musique primitive, Jessica se laissa faire lorsque Mark la prit dans ses bras pour l'embrasser. Sous ses caresses passionnées, elle s'enflamma comme une torche. La soulevant alors comme une plume, il l'emporta dans sa case. A l'abri des murs de rondins, il l'écrasa contre sa poitrine et se mit à lui couvrir le visage et le cou de baisers appuyés qui lui arrachaient de petits gémissements de plaisir. Elle ne résista pas lorsqu'il la déshabilla lentement et l'entraîna vers le lit. Eût-elle voulu arrêter ce torrent de passion qu'elle n'en aurait plus eu la force.

– Oh, Mark! gémit-elle d'une voix enrouée de désir. Un coup frappé à la porte les fit tressaillir et se redresser dans l'ombre, haletants, l'oreille aux aguets. La main de Mark se crispa sur la hanche de Jessica, comme pour la mettre en garde. La jeune fille comprit l'avertissement. Il était impensable que sur le territoire du Venda, une femme se donne à un homme avant d'avoir été achetée de la façon rituelle avec un certain nombre de têtes de bétail. Si on les trouvait ensemble, ce serait considéré comme une insulte à l'égard de leur hôte.

— Oui? demanda sèchement Mark. Qu'est-ce que c'est?

— Le chef a un accès de fièvre, fit la voix de l'infirmière à travers la porte. Pouvez-vous venir tout de suite, docteur Trafford?

— J'arrive aussi vite que possible, assura Mark.

Une vague de honte submergea Jessica tandis qu'elle écoutait décroître le pas de Miss Ravele.

— Je suis désolé, Jessica, marmonna son compagnon.

Regrettait-il cette interruption ou le fait de n'avoir pas su maîtriser sa passion?

— Allez-y maintenant, murmura-t-elle. Je vous rejoindrai dans quelques minutes.

Pendant que Mark se rhabillait en hâte, elle frissonnait sur le lit défait en dépit de la tiédeur de la nuit. La porte refermée derrière le médecin, elle se leva à son tour et remit ses vêtements. Ses mains tremblaient tellement qu'elle dut s'y reprendre à deux fois avant d'arriver à fermer les boutons de son chemisier.

Elle s'était conduite de façon insensée. Elle frémissait encore à l'idée de ce qui se serait passé sans l'intervention miraculeuse de l'infirmière.

La hutte du chef était éclairée par une lampe à gaz. Jessica n'osait regarder Mark. D'ailleurs, celui-ci n'avait même pas levé la tête à son apparition. Pour lui, elle n'était plus qu'une subalterne capable d'exécuter ses ordres. Jessica agissait comme un automate, heureuse que ses occupations l'empêchent de penser.

Elle remplit une seringue d'antibiotique qu'elle injecta dans la veine de l'opéré. Suivit une longue période d'attente angoissante. Ils observaient étroitement le chef, surveillant sa réaction au médicament sauveur.

— Je crois que nous pourrions tous aller nous reposer, annonça enfin Mark en se levant après avoir pris une dernière fois le pouls du malade. Le pire est derrière nous.

Jessica avait quitté la hutte avant le médecin, mais celui-ci la rattrapa très vite. Ils marchèrent sans parler jusqu'à la case de la jeune fille dont le cœur battait à se rompre.

A la porte de sa cabane, elle s'immobilisa et murmura un bonsoir contraint. Il voulut l'attirer dans ses bras, mais elle plaça ses mains contre sa poitrine pour le repousser.

— Non, Mark, fit-elle d'un ton calme. Ce qui s'est passé tout à l'heure était une erreur. Je ne tiens pas à la renouveler.

Les doigts de Mark se crispèrent sur les épaules de sa compagne.

— Ce n'était pas une erreur, Jessica. Vous me désiriez autant que je vous désirais.

— Je le reconnais. Mais il s'agissait uniquement de désir, et j'en ai honte.

Il la lâcha si brutalement qu'elle chancela.

— Vous pensez vraiment ce que vous dites? demanda-t-il d'une voix méconnaissable.

Les jambes de Jessica tremblaient si fort qu'elle dut s'appuyer à la porte de la case pour ne pas tomber.

— Oui, répondit-elle enfin avec lassitude. Oui, je le pense vraiment.

Un long silence tendu s'ensuivit.

— En ce cas, vous n'avez rien à craindre. Plus jamais je ne vous toucherai.

Son intonation était glaciale. Ses paroles lui infligèrent une douleur indicible. Tout était fini entre eux. Sous le regard torturé de la jeune fille, Mark s'éloigna sans se retourner vers sa propre case.

Cette nuit-là, Jessica parvint difficilement à trouver le sommeil. Elle revivait chaque minute de cette soirée, depuis l'instant où le rythme des tams-tams l'avait envoûtée. Elle avait été comme une droguée. Seul avait compté son amour pour un homme qui, lui, ne désirait qu'une banale liaison. Une liaison à laquelle il mettrait fin dès qu'il serait lassé d'elle.

Dieu sait si elle avait essayé au début de le considérer comme un médecin. Mais l'intense virilité de Mark avait dangereusement éveillé ses sens. Elle avait senti le sol se dérober sous ses pas. Elle avait lutté, mais l'amour était venu comme un voleur...

Hélas, jamais le médecin ne lui avait donné l'impression de l'aimer autrement que physiquement, même tout à l'heure après la « domba ». Et c'est ce qui la rendait tellement honteuse d'avoir répondu à ses avances avec un tel abandon. Pour lui, elle n'était sans doute qu'une conquête de plus. Jessica s'endormit en pleurant amèrement.

A son réveil, les oiseaux pépiaient gaiement dans les arbres et le soleil matinal ruisselait par la fenêtre. Elle se doucha et remit rapidement ses vêtements fripés encore imprégnés de l'odeur du feu de bois. Ses yeux entourés d'un cerne mauve paraissaient immenses dans son visage livide. Avec un haussement d'épaules infiniment las, elle prit sa trousse et partit voir le chef Cedric.

9

Mark était déjà dans la chambre de l'opéré, en train de l'examiner. Il la salua d'un bref signe de tête et répondit sèchement à ses questions. Par bonheur, Cedric Kapufu et l'infirmière l'accueillirent avec chaleur.

Le chef Cedric paraissant hors de danger, Mark et Jessica pouvaient donc le laisser entre les mains compétentes de Miss Ravele et rentrer à Louisville.

Ils restèrent pour le petit déjeuner et, avant de quitter définitivement le village, se rendirent une dernière fois au chevet de l'auguste malade.

Leur attention fut attirée par l'agitation régnant dans un enclos voisin. Les vociférations des bouviers se mêlaient aux meuglements du bétail. Patrick Kapufu surveillait l'opération d'un œil attentif. A leur entrée dans la hutte du chef, Jessica apprit le pourquoi de tout ce remue-ménage.

— Mon frère a rassemblé quelques-unes de nos plus belles bêtes, annonça fièrement le chef Cedric, ses yeux noirs fixés sur Mark. Je désire que vous en choisissiez dix en paiement de ce que vous avez fait pour moi, ceci pour vous permettre de vous trouver une épouse.

Cette insistance, qui avait amusé Jessica la veille, remuait maintenant le fer dans la plaie. A voir l'expression un peu tendue de Mark, il ne devait pas goûter lui non plus la plaisanterie.

– J'apprécie votre sollicitude pour ma condition de célibataire, chef Cedric, répondit-il avec une courtoisie un peu distante. Je ne veux pas avoir l'air d'un ingrat, mais j'avoue ne rien y connaître en bétail. Je préférerais que vous discutiez cette question d'honoraires avec mon associé, le docteur O'Brien.

Le chef n'insista pas, mais un curieux petit sourire étira sa bouche lippue, tandis qu'il frappait dans ses mains pour appeler son épouse en titre. Celle-ci fit aussitôt son entrée, portant un objet enveloppé de papier de soie qu'elle tendit à son seigneur et maître. Celui-ci défit le paquet et en sortit une peau de python admirablement traitée qu'il offrit à Jessica.

– Le python est le dieu de la fertilité, lui expliqua-t-il après que celle-ci l'ait chaleureusement remercié. Il vous apportera des enfants.

Jessica se sentit devenir écarlate. Sous les regards convergents du chef et surtout de Mark, elle eut du mal à ne pas perdre contenance.

– Je ne suis pas mariée, chef Cedric, balbutia-t-elle.

– Aucune importance, fit-il en balayant l'objection d'un geste. Quand l'heure sonne pour l'homme de se chercher une épouse, il est comme le python. Il déroule ses anneaux avec la rapidité de l'éclair, et quand il frappe, on ne peut lui échapper.

Jessica contemplait leur hôte d'un air complètement interloqué.

– Au revoir, docteur Trafford. Au revoir, docteur Neal, dit le chef en levant la main en signe d'adieu. Tous mes vœux vous accompagnent. Mon frère va vous reconduire à l'aérodrome.

– On vous a fait un grand honneur, fit observer Mark, une fois assis à côté de Jessica dans la belle limousine noire conduite par Patrick Kapufu. On n'offre pas une peau de python à n'importe qui.

– J'en suis très consciente, répondit la jeune fille en effleurant du doigt les écailles du serpent. Mais j'ai été un peu déconcertée par les paroles énigmatiques du chef Cedric.

– Les tribus du Venda ont des croyances très particulières, répliqua Mark à mi-voix, des intuitions fulgurantes...

– Croyez-vous qu'il ait pu lire dans mon destin? chuchota-t-elle.

– Peut-être...

Le vol du retour ne fut pas aussi confortable que Jessica l'eût souhaité. Le ciel se couvrit rapidement. La visibilité était mauvaise. On sentait que la pluie n'était pas loin.

– Qu'est-ce qui vous a poussée à piloter? demanda soudain Mark.

– Mon frère m'a emmenée une fois faire un petit tour dans son piper-cub. Il m'a inoculé le virus!

– Avez-vous encore d'autres talents cachés?

– Pas que je sache, sourit-elle, un peu détendue.

– Vous venez de parler de votre frère...?

– Oui, Gregory.

– Plus vieux ou plus jeune que vous?

– Il a quatre ans de plus.

Le Cessna s'enfonça, soudain, brusquement dans un trou d'air.

– Il est ingénieur, ajouta-t-elle.

– Votre père a dû être désappointé de ne pas le voir marcher sur ses traces, j'imagine?

Jessica jeta un coup d'œil sur son compagnon. Pour une fois, le visage du médecin n'avait pas son habituelle expression ironique.

– Oui, dit-elle enfin. Il a été terriblement déçu.

– Heureusement, vous avez compensé...

– En un sens, oui, acquiesça-t-elle avec un petit sourire. Mais mon père aurait désiré que je me spécialise en pédiatrie.

– Cela ne vous plaisait pas?

– Pas à l'époque, répondit-elle, le cœur serré. Quand expirera mon contrat avec Peter, il se peut que je reprenne mes études.

Mark ne fit pas de commentaires. Son silence remplit Jessica de désespoir. Qu'elle reste ou non à Louisville lui était bien égal. Seule lui importait la satisfaction de ses instincts les plus bas. Jessica souffrait comme s'il lui avait planté un couteau dans le cœur.

Comme ils atterrissaient à « Bellevue », l'averse se déchaîna. Le temps de courir du hangar à leurs voitures, leurs vêtements furent trempés. Des grondements de tonnerre roulaient dans le ciel d'un noir d'encre que zébraient de terrifiants éclairs. La pluie crépitait sur la terre desséchée avec une violence incroyable. Des ruisseaux se formaient avec rapidité dans chacune des fissures du sol craquelé.

Par bonheur, Bernard King surgit à cet instant dans son véhicule à quatre roues motrices, et leur hurla qu'il les suivrait jusqu'en ville. C'était prudent. Ils furent en effet plusieurs fois à deux doigts de s'embourber. La visibilité était quasi nulle. Dès l'arrivée sur la route goudronnée, à l'entrée de Louisville, Bernard les salua en pilonnant son avertisseur du poing, et fit rapidement demi-tour en soulevant des gerbes d'eau.

Ce vol à Venda avait rappelé à Jessica la visite médicale indispensable au renouvellement de son brevet de pilote. Quelques jours plus tard, munie des papiers nécessaires, elle aborda Peter en fin de matinée.

– Ce ne sera pas long, sourit le médecin en prenant son stylo.

Le silence de midi fut soudain troublé par le grondement d'un gros camion brinquebalant. Tout d'abord, Peter n'y prêta guère attention. Mais lorsque l'engin s'immobilisa sous les fenêtres du cabinet dans un grand bruit de ferraille et au milieu de meuglements insolites, il s'approcha d'une vitre dont il souleva le voilage.

— Que diable fait ce camion à bestiaux en plein centre ville? s'exclama-t-il.

Le chauffeur était sorti de la cabine, apparemment indifférent à la misère des animaux entassés les uns contre les autres sous le soleil écrasant.

Un soupçon commençait à se faire jour dans l'esprit de Jessica, mais elle n'osa pas l'exprimer.

— Miss Hansen va certainement s'en débarrasser au plus vite, hasarda-t-elle en apercevant une silhouette vêtue de blanc qui se dirigeait vers le camion.

— Elle ne me semble guère avoir de succès, fit observer Peter après un instant. A en juger par sa mimique, le chauffeur me paraît bien décidé à rester là où il est.

— Peut-être ferions-nous mieux d'aller voir ce qui se passe? suggéra Jessica.

Deux minutes plus tard, ils rejoignirent Emily Hansen.

— Des ennuis, Miss Hansen? s'enquit Peter.

— Cet homme m'explique qu'il est ici avec la bénédiction du chef Cedric Kapufu. Il livre les bêtes promises au docteur Trafford en remerciement de ses bons soins.

— Ah bon... fit Peter avec un certain amusement. En ce cas, ne devrions-nous pas prévenir le docteur Trafford?

— Entendu, docteur, sourit l'infirmière. J'y vais de ce pas.

Peter fixa pensivement les animaux bavant et mugissant d'un air lamentable avant de demander à Jessica :

— Vous êtes au courant?

— Un peu! répondit-elle sans pouvoir retenir un éclat de rire. Cedric Kapufu voulait à tout prix que Mark choisisse lui-même les bêtes, mais il a décliné cet honneur. Le chef tient absolument à ce qu'il puisse s'acheter une femme grâce à cela.

– Seigneur Jésus, je comprends maintenant! Ah, voici l'heureux bénéficiaire...

Impeccable comme toujours dans son costume beige, Mark ne fit que jeter un coup d'œil méprisant sur les malheureuses bêtes parquées dans le camion.

– Quel est le problème? interrogea-t-il sèchement.

– Il n'y en a pas, répondit Peter en s'efforçant de garder son sérieux. Ces animaux vous appartiennent de droit.

– Comment? fit le médecin, les yeux exorbités.

– Le chef Cedric Kapufu considère apparemment qu'il est grand temps pour vous d'acheter une épouse, laissa tomber Peter d'un air narquois.

Mark ne fut pas long à deviner d'où son associé tenait cette information, et il fixa Jessica d'un regard furieux. Cependant, indifférent aux réactions suscitées par son arrivée, le chauffeur se roulait paisiblement une cigarette. Il exécutait les ordres de son chef vénéré. Le reste ne le concernait pas.

– Voulez-vous que nous demandions à cet homme de livrer le bétail chez vous? reprit posément Peter.

– Comment? Mais il n'est pas question que ces... ces créatures vagabondent dans mon jardin!

A l'idée de ces pauvres bovins broutant les fleurs des plates-bandes de Mark et s'abreuvant dans sa piscine, Jessica éclata de rire malgré elle.

– Vous pourriez toujours les faire livrer à Pretoria, chez votre petite amie, suggéra-t-elle avec audace, tandis que Peter et l'infirmière se mordaient les lèvres pour dissimuler leur hilarité.

– Par Jupiter! rugit Mark en toisant Jessica d'un air meurtrier. Et d'un, je ne veux pas de femme! Et de deux, si jamais j'en trouve une un jour, je n'aurai pas besoin de l'acheter, croyez-moi!

– Il faudra bien décider ce que vous voulez faire de ce cadeau empoisonné, fit observer Peter.

– Cela, je m'en moque éperdument!

– Vous n'allez tout de même pas vous plaindre que la mariée est trop belle! ironisa Jessica. Ce serait offenser gravement le généreux donateur.

– Occupez-vous-en donc, puisque vous paraissez tellement intéressée!

– Ici, c'est l'homme qui paie la dot, et non le contraire, je vous le rappelle, rétorqua la jeune fille en réprimant une folle envie de rire.

– J'ai une idée, coupa Peter. Le chauffeur pourrait décharger les bêtes sur le terrain communal, et je demanderai à Bernard de les emmener à « Bellevue » jusqu'à ce que vous ayez pris une décision à leur sujet.

– Excellente idée, sourit Jessica. Mais j'imagine mal ces quadrupèdes étiques paradant au milieu des animaux primés de votre beau-frère.

– Quoi qu'il en soit, reprit Peter, je ne vois guère d'autre solution. Je vais en parler à Bernard.

– Je vous en remercie d'avance, fit Mark de fort mauvaise grâce.

– Miss Hansen, voulez-vous expliquer à cet homme où se trouve le terrain communal?

– Tout de suite, docteur, acquiesça l'infirmière.

– Venez, Jessica, ordonna Peter. Quand j'aurai eu Bernard, je m'occuperai de votre examen médical.

Tandis que le médecin décrochait le téléphone posé sur le bureau de l'infirmière, Jessica partit l'attendre dans son cabinet. Cinq minutes s'écoulèrent. Puis dix. La jeune fille commençait à s'impatienter lorsque la porte s'ouvrit. Elle se retourna, mais son sourire se figea sur ses lèvres à la vue de Mark.

– Que faites-vous ici? questionna-t-elle avec surprise.

Mark passa tranquillement de l'autre côté du bureau. Il étudia placidement les formulaires posés sur le sous-main avant de répondre :

– Peter a été appelé d'urgence à l'hôpital. Il m'a prié de procéder à votre examen médical à sa place.

– Comment? fit-elle d'une voix étranglée.

– Déshabillez-vous, lui intima-t-il.

– Je vous demande pardon?

– J'ai dit : déshabillez-vous!

– Vous êtes fou! s'exclama-t-elle, le cœur battant.

– Quand j'examine quelqu'un, je ne le fais pas à moitié! rétorqua-t-il d'un ton froid. Déshabillez-vous, vous dis-je!

– Je veux bien être pendue si je le fais! se récria-t-elle avec colère.

Il y eut un pesant silence.

– Allez-vous vous décider, oui ou non? fit-il en s'avançant vers elle avec un sourire diabolique. Si j'ai bonne mémoire, ce ne serait pas la première fois que je vous ôterais vos vêtements...

Rouge de honte, elle recula.

– Si vous me touchez, je crie!

– Vous pouvez toujours hurler! ricana-t-il. Miss Hansen est partie déjeuner, et je viens de fermer cette porte à clef...

La jeune fille devint pâle comme une morte.

– Vous êtes un répugnant personnage!

– Ne soyez pas ridicule, Jessica. Dépêchez-vous de vous dévêtir et qu'on en finisse!

Soudain Jessica prit peur. Elle se sentait la gorge sèche. Sous le regard appuyé du médecin, elle s'empourpra de nouveau.

– D'accord, Mark, réussit-elle à articuler avec effort, vous vous êtes bien amusé à mes dépens. J'ai eu tort de me moquer de l'idée saugrenue du chef Cedric et d'en avoir fait des gorges chaudes avec Peter. Maintenant, nous sommes quittes, non?

– Vous voulez vraiment me contraindre à recourir à la force? reprit-il en ignorant son expression suppliante.

Il fit un pas vers elle. Mais Jessica, folle de terreur, le gifla à la volée.

– J'avais bien juré de ne jamais vous toucher de nouveau, marmonna-t-il entre ses dents en la saisissant par les poignets, mais ça, vous ne l'emporterez pas au paradis!

Sans ménagements, il lui tordit les bras derrière le dos, puis écrasa sa bouche sur la sienne avec une brutalité inouïe. Un gémissement de douleur échappa à la jeune fille. Mark la repoussa alors si violemment qu'elle tituba contre la vitrine, tremblant comme une feuille et respirant de façon saccadé.

– Vous pouvez vous en aller, jeta-t-il d'un ton sec en lui ouvrant la porte. Maintenant, nous sommes quittes.

Jessica s'enfuit sans demander son reste. De retour au cottage, elle examina ses lèvres dans la glace du lavabo. Elles étaient gonflées et tuméfiées. Quant à ses poignets, ils étaient couverts de bleus.

Ses larmes jaillirent. Elle ne comprenait pas pourquoi Mark avait si mal pris la plaisanterie. Elle lui croyait pourtant plus de sens de l'humour.

Elle se baigna longuement le visage et se laissa tomber avec lassitude au bord de la baignoire, tenant un gant de toilette humide contre ses lèvres douloureuses. Elle s'efforçait de revoir la scène avec sang-froid. Mark n'avait pas supporté qu'elle se moque de lui, et avait cherché à se venger. Rien de fâcheux ne se serait sans doute produit si elle n'avait pris peur et ne l'avait frappé. Pour un homme orgueilleux comme le médecin, un tel geste était impardonnable.

Avec un soupir, elle jeta le gant dans le lavabo. Elle devait des excuses à Mark, et ce ne serait pas chose facile...

– Jessica, fit Peter en entrant dans son bureau en fin

d'après-midi, un formulaire à la main. A propos de cet examen méd...

– Pourquoi donc avoir prié Mark de s'en charger à votre place? fit-elle sur un ton de reproche

– Moi! se récria Peter. Mais je lui ai seulement demandé de vous prévenir que j'avais été appelé à l'hôpital et que je m'en occuperais au retour.

– Je vois, murmura-t-elle.

– Il vous a joué un tour à sa façon, je parie? s'enquit le médecin d'un air amusé.

Jessica hocha lentement la tête.

– Il n'aime pas qu'on se moque de lui, et surtout en public... Il a voulu se venger.

– Et il y a réussi?

– Il arrive toujours à ses fins, vous savez... répondit-elle avec un petit rire désabusé en effleurant machinalement ses lèvres douloureuses.

Dix minutes plus tard, Peter la quitta, laissant le formulaire dûment complété sur la table. Alors, Jessica rassembla tout son courage et se rendit au bureau de Mark qu'elle trouva en train de remettre son veston.

– Vous désirez quelque chose?

Elle se jeta à l'eau.

– Je vous dois des excuses, bredouilla-t-elle.

Il parut surpris.

– Pour quoi? Pour ne pas vous être déshabillée quand je vous l'ai ordonné?

– Je fais allusion au fait de vous avoir frappé, et vous le savez pertinemment.

– Vous y avez pris un certain plaisir, non?

– Et vous, rétorqua-t-elle, avez-vous éprouvé du plaisir à... à me brutaliser comme vous l'avez fait?

– Vous ne l'aviez pas volé, avouez, dit-il lentement tout en contemplant d'un air impénétrable sa bouche tuméfiée. Mais maintenant, vous méritez mieux...

134

Avant qu'elle n'ait pu prévoir son geste, il avait fermé la porte et l'avait prise dans ses bras. Il se pencha sur le petit visage tourmenté, mais ses baisers furent extrêmement doux, presque tendres, et Jessica se laissa faire, toute résistance abolie. Mais quand ses caresses se firent plus audacieuses, elles se ressaisit et se débattit.

— Non, non, haleta-t-elle.

Il la lâcha presque aussitôt.

— De quoi avez-vous peur, cette fois-ci, Jessica? ricana-t-il avant de s'emparer de sa trousse et de quitter le bureau. De vous?

Deux semaines plus tard, les parents de Jessica vinrent passer le week-end chez elle. Jonathan apportait avec lui les formulaires d'adoption que Peter et Vivien auraient à signer devant le juge de Louisville. Le médecin avait usé de tout son crédit pour raccourcir les délais d'une procédure habituellement très longue.

Le samedi soir, les O'Brien donnèrent une garden-party pour célébrer l'événement. Ils avaient convié une trentaine de personnes à un barbecue dans le parc éclairé par des lanternes vénitiennes. A l'exception des Delport, des King et de quelques médecins, Jessica ne connaissait pratiquement personne.

Elle avait sur les genoux le bébé tout potelé d'Olivia quand elle vit arriver Mark. Ce fut Peter qui le présenta à ses parents.

Quand tout le monde fut arrivé, Peter demanda le silence. Vivien et Megan l'entouraient.

— Je désire lever mon verre en l'honneur de notre fille Megan Leigh O'Brien, déclara-t-il en posant une main sur l'épaule de l'enfant. Nous sommes heureux qu'elle fasse désormais partie de notre famille et souhaitons vous faire partager notre joie.

— A la santé de Megan! crièrent les invités en chœur en levant leurs coupes.

– Encore autre chose, reprit Peter d'une voix forte. Je désire porter un toast à Jessica Neal sans laquelle Megan ne serait jamais entrée dans notre existence.

– Vive Jessica! hurlèrent les invités.

Jessica rougit en croisant le regard impénétrable de Mark en train de vider son verre.

– Vous devriez vous trouver un mari, petite, fit tante Maria en se penchant vers la jeune fille. Je vous imagine tellement bien avec un bébé à vous dans les bras.

– Tante Maria a raison, renchérit Olivia. Vous avez la manière avec les petits. N'attendez pas trop longtemps avant de vous marier et d'avoir des enfants.

Jessica réussit à dissimuler sa tristesse derrière un sourire.

– Il me faudrait d'abord rencontrer l'homme de ma vie.

– Que penseriez-vous de Mark Trafford? insista malicieusement tante Maria. Je vous ai déjà dit qu'il ferait un excellent époux...

Voyant passer une ombre sur le visage de son amie, Olivia jeta à tante Maria un coup d'œil chargé de reproche.

– On ne plaisante pas sur un tel sujet, tante Marie. Jessica finira bien par choisir toute seule, je lui fais confiance!

– Je vous rends Logan, déclara soudain Jessica après avoir effleuré de ses lèvres la tête du bébé. Je n'ai pas encore vu Megan aujourd'hui. Elle doit être avec Frances.

Elle partit à la recherche des petites filles. Au passage, elle aperçut Mark en grande conversation avec Bernard. En le voyant si grand, si beau, si décontracté, un désir passionné la souleva. Comme s'il avait deviné sa présence, il se retourna brusquement. De nouveau, leurs yeux se croisèrent pendant quelques secondes. Le cœur de Jessica battait à coups redoublés.

136

Avec un immense effort, elle s'arracha au fascinant regard gris et poursuivit son chemin pour aller retrouver les enfants qui jouaient un peu plus loin.

— Alors, mes poulettes, fit-elle en serrant les petites dans ses bras, on s'amuse bien?

— Oh, docteur Jessica, si vous saviez comme je suis heureuse! murmura Megan avec un air extatique.

— C'est fantastique d'avoir une nouvelle cousine, renchérit la brune Frances. Aux prochaines vacances, je vais lui apprendre à faire du cheval.

— Quelle bonne idée! sourit Jessica.

— J'en meurs d'envie! s'exclama Megan.

— De quoi meurs-tu d'envie, petite Megan? fit la voix grave de Mark derrière Jessica.

— Frances va me donner des leçons d'équitation, lui expliqua Megan.

— Tu t'y connais, Frances? s'enquit le médecin.

— Oh oui, papa m'a appris. C'est un excellent cavalier, vous savez, ajouta-t-elle avec orgueil.

— Savez-vous monter, docteur Jessica? questionna Megan.

— Hélas, non.

— Olivia non plus, glissa Frances d'un air entendu. Papa dit qu'il vaut mieux ne pas se forcer si on a peur des chevaux. Les animaux sont ultrasensibles.

— C'est exact, fit observer Mark en considérant Jessica d'un air quelque peu ironique. Je pense en particulier à une petite pouliche qui...

— Excusez-moi, coupa brusquement Jessica, soulagée d'avoir ce prétexte pour échapper à son bourreau, je vois Vivien qui me fait signe...

— Je n'ai pas encore eu une minute pour vous parler, lui dit la jeune femme en entraînant Jessica un peu à l'écart. C'est grâce à vous que nous connaissons cette joie inespérée, et je ne sais comment...

– Vous n'avez pas à me remercier, Vivien. Je n'ai été que l'instrument du destin.

– Nous sommes follement heureux, soupira Vivien, les yeux brillants de larmes.

– C'était mon désir le plus cher, affirma gentiment Jessica.

– A propos de bonheur, sourit Vivien au milieu de ses pleurs, Mark a depuis quelque temps une mine d'enterrement. Vous ne trouvez pas? Croyez-vous qu'il ait des problèmes avec sa petite amie de Pretoria?

– C'est le cadet de mes soucis, prétendit Jessica.

– Je ne serais pas étonné qu'il soit enfin tombé amoureux. Ce serait bien fait pour lui si cette Sylvia l'éconduisait !

Jessica s'entendit balbutier quelque chose d'inintelligible. Durant le reste de la soirée, elle s'efforça d'éviter soigneusement Mark, mais fut bien obligée de constater qu'il ne quittait pratiquement pas ses parents. Ceux-ci semblaient l'apprécier énormément.

10

— Il est très sympathique, ce Mark Trafford, fit remarquer Jonathan ce soir-là, une fois rentré. Et intelligent avec cela...

— Je le trouve tout à fait charmant, renchérit sa femme avec enthousiasme. A propos, Jessica, je l'ai invité à dîner demain soir.

— Oh, maman! fit Jessica sur un ton exaspéré. Et il a accepté?

— Avec un plaisir non dissimulé. Mais qu'as-tu contre lui, ma chérie? ajouta-t-elle en voyant la contrariété assombrir le visage de sa fille. Il est agréable, bien de sa personne, très séduisant et...

— Tu as raison, maman. Il est tout cela, mais...

— Mais quoi?

— Nous ne nous entendons pas, c'est tout, décréta-t-elle sans conviction.

— Je ne vois pas pourquoi!

— Ce doit être dû à une réaction chimique, suggéra Jonathan. Mets deux atomes en présence. Ou ils se repoussent, ou ils se combinent pour former une molécule.

— Je me méfie de tes théories fantaisistes, Jonathan, mais pour une fois je suis d'accord avec toi. Alors, Jessica, peux-tu m'expliquer ce qu'il en est? Y a-t-il entre ce médecin et toi des affinités, ou au contraire une antipathie insurmontable?

– Allons, Amelia, ne sois pas indiscrète! grogna Jonathan qui avait pitié de sa fille. Il est tard et nous sommes tous fatigués.

Jessica dormit très mal. Le lendemain, elle se réveilla d'une humeur massacrante à la pensée de revoir Mark. Elle était agacée d'entendre sa mère fredonner gaiement tout en préparant le dîner. Mais elle fut bien obligée de l'aider dans son œuvre.

Amelia et sa fille étaient dans la cuisine en train de mettre la dernière touche à la salade composée lorsqu'on sonna.

– Ce doit être Mark, déclara Amelia en s'essuyant les mains à son tablier.

– Probablement, marmonna Jessica sans faire mine de bouger.

– Tu ne vas pas lui ouvrir? insista Amelia.

– Papa est au salon. Il va s'en charger.

– Écoute, Jessica! s'exclama sa mère sur un ton indigné. Tu pourrais au moins aller le saluer!

– C'est toi qui l'as invité, maman, laissa tomber platement Jessica. A toi d'y aller.

Amelia Neal hocha la tête d'un air découragé. Elle ne comprenait vraiment pas ce qui se passait dans la tête de sa fille.

– Entrez, Mark, entendirent-elles Jonathan dire à son invité.

– J'espère n'être pas trop en avance, fit la voix grave du médecin.

– Pas du tout. Les femmes sont encore à la cuisine. Vous allez me tenir compagnie.

Le bruit de conversation décrut, puis s'éteignit. Amelia ôta son tablier.

– Bien, observa-t-elle sur un ton résigné, si tu as oublié

tes bonnes manières, moi je me souviens encore des miennes.

Restée seule, Jessica essayait de se préparer à cette rencontre. Par la pensée, elle était au salon d'où parvenaient des murmures, des cliquetis de verres. Elle aurait bien voulu voir cette épreuve derrière elle.

Elle était en train de parsemer la salade de petits brins de persil lorsque Mark entra.

— Un sherry, cela vous va? s'enquit-il posément en lui tendant un verre.

— Merci, murmura-t-elle.

Dans l'espoir de se calmer, elle but quelques gorgées. Il la dévisageait tranquillement. Son regard aigu enregistra le tremblement de ses mains, son expression hostile.

— Vous ne paraissez pas spécialement contente de me voir...?

— Vous avez bien deviné.

— Expliquez-moi pourquoi.

— Je ne vois aucune raison pour que nous nous rencontrions en dehors de notre travail.

Le beau visage de Mark se durcit.

— Eh bien, vous n'y allez pas par quatre chemins!

— Vous non plus, répliqua-t-elle froidement en soutenant son regard ironique.

— Je le reconnais. Je dis toujours ce que je pense. Ainsi, à cet instant précis, je donnerais beaucoup pour vous avoir tout à moi dans une des petites cases du chef Cedric.

Cette allusion faite de sang-froid à ces moments d'intimité partagés la fit rougir de honte et de colère. Ses doigts se crispèrent sur le saladier qu'elle lui aurait volontiers jeté à la figure.

— Vous n'allez pas gâcher cette appétissante salade, Jessica, fit-il calmement comme s'il avait lu dans ses pensées.

— C'est ignoble de votre part de me rappeler ce... cet

instant de faiblesse, bredouilla-t-elle d'une voix mal assurée.

Sentant monter à ses yeux des larmes de désespoir, elle se détourna pour les lui cacher.

– Je suis peut-être un ignoble individu, mais reconnaissez que je ne vous ai jamais trompée sur mes intentions.

Il s'était approché d'elle et l'avait prise par les épaules. Dieu qu'elle aurait voulu se laisser aller contre lui, s'abandonner... Mais non, c'eût été de la folie...

– Si vous permettez, Mark, je...

– Un armistice? coupa-t-il de façon inattendue en la faisant pivoter vers lui. Signons un armistice pour ce soir, voulez-vous? Demain, je vous autoriserai à me traiter de tous les noms.

Jessica hésita un instant avant d'acquiescer.

– Entendu, soupira-t-elle, mais c'est bien pour mes parents que je le fais!

– C'est ainsi que je l'avais compris, ironisa-t-il sans la lâcher. Oh, Jessica, vous avez d'adorables petites mains, des mains de fée...

Se penchant, il lui en baisa longuement les paumes. D'un geste brusque, elle se dégagea, luttant de toutes ses forces contre l'émotion insidieuse qui menaçait de la submerger.

– Allons, Jessica, soyez gentille et venez boire votre sherry au salon.

– Bon, mais une minute seulement. Je dois surveiller le soufflé.

Le reste de la soirée se déroula sans anicroche. Comme on pouvait s'y attendre, Mark discuta de neuro-chirurgie avec Jonathan, mais, par égard pour Amelia, il eut le bon goût de ne pas s'en tenir à cet unique sujet de conversation. C'était un invité rêvé. Il sut également ne pas abuser de l'hospitalité de ses hôtes. Juste avant 10 heures, il se leva pour prendre congé. Amelia voulut le retenir, mais il se montra inflexible.

— Il n'est pas tard, madame, mais vous aurez demain un voyage fatigant, ne l'oubliez pas.

Jessica l'accompagna jusqu'à sa voiture sans mot dire. Dans l'ombre, il l'attira tout contre lui.

— Bonsoir, murmura-t-il d'une voix étrange qui la mit sur ses gardes.

Se dégageant doucement, elle fit un pas en arrière. La trêve était rompue.

— Bonsoir, Mark, fit-elle avec une politesse glacée.

— Tu m'avais pourtant dit que tu ne t'entendais pas avec Mark? s'étonna sa mère lorsque Jessica fut revenue au salon.

— Je sais me tenir en société, éluda-t-elle.

— Je le trouve extrêmement gentil. Pas toi, Jonathan?

— Gentil n'est pas l'adjectif qui me paraît le mieux convenir à ce genre d'homme, remarqua le médecin en tirant sur sa pipe.

— Comment le qualifierais-tu alors?

— Je suggère : « d'une intelligence au-dessus de la moyenne, avec la suffisance voulue pour toujours arriver à ses fins », répliqua Jessica à sa place.

Jonathan leva les sourcils.

— C'est assez bien vu, me semble-t-il. Mais pourquoi cette animosité?

Jessica ne répondit pas.

— J'espère qu'à notre prochain séjour, tu le réinviteras, fit Amelia.

— Si tu l'aimes tant que ça, rétorqua Jessica avec cynisme, je me ferai un devoir de m'exécuter.

— Vraiment, je ne te comprends pas, soupira Amelia. Mark Trafford est un des plus beaux hommes que j'aie jamais rencontrés.

– Je suis d'accord avec toi.

– Eh bien, alors?

– Alors quoi? M'encouragerais-tu par hasard à avoir une aventure avec lui? demanda-t-elle avec un éclair malicieux dans le regard.

– Certainement pas! se récria sa mère, scandalisée.

– C'est la seule chose qui l'intéresse, déclara Jessica sans pouvoir cacher son amertume.

– Tu crois ça, mais...

– Écoute, maman, laissons tomber le sujet, veux-tu? Je suis assez grande pour me débrouiller seule dans la vie.

La semaine suivante, Jessica fut débordée de travail. La plupart de ses soirées se passaient à l'hôpital où affluaient les urgences. A peine si elle apercevait ses confrères entre deux portes.

Le vendredi après-midi, elle quitta le cabinet assez tard et rentra chez elle, espérant avoir enfin une nuit tranquille après cette semaine harassante. Cet espoir s'évanouit à la vue d'une Mercedes qui venait de se garer devant chez elle. La femme qui en descendit lui était inconnue. Grande, blonde, très élégante, elle était indiscutablement l'une des plus belles créatures que Jessica ait jamais vues.

– Docteur Neal?

La voix était musicale. Une sorte de roucoulement très féminin qui rappelait vaguement quelque chose à la jeune fille.

– Elle-même.

– Je pensais bien vous trouver, reprit la visiteuse. Je suis Sylvia Summers.

– Ah...

Les lèvres corail s'étirèrent dans un sourire qui découvrit de petites dents éclatantes et régulières.

– Je vois qu'on vous a parlé de moi...

– Je crois en effet avoir entendu le docteur Trafford

144

mentionner votre nom, fit posément Jessica. Voulez-vous entrer?

– Volontiers, sourit Sylvia.

Une fois au salon, les deux femmes se regardèrent un instant dans un silence embarrassé.

– Que puis-je pour vous, Miss Summers? finit par demander Jessica.

– En réalité, répondit Sylvia, c'est moi qui suis en mesure de vous être utile. Je suis venue vous mettre en garde.

Jessica se raidit.

– Je crois, Miss Summers, que vous faites...

– Comprenez-moi bien, coupa Sylvia. Ne me regardez pas comme une maîtresse jalouse prête à vous arracher les yeux. Je suis ici pour vous prévenir. Si vous pensez voir Mark vous épouser, eh bien, vous commettez une erreur grossière. Et n'imaginez surtout pas qu'en cédant à ses avances, vous puissiez le retenir. Vous dureriez une année, deux tout au plus. Ensuite, il vous mettrait à la porte sans autre forme de procès. Il est ainsi, acheva-t-elle avec un sourire cruel, et ce n'est pas vous qui parviendrez à le changer.

Jessica n'avait pas besoin d'un tel avertissement. Elle savait tout cela depuis le début. Malgré tout, elle se sentit blessée au vif.

– Qu'est-ce qui peut vous faire supposer qu'il y ait quelque chose entre Mark et moi? s'entendit-elle questionner d'une voix détachée.

– Mark me l'a dit lui-même.

Cette fois-ci, les lèvres corail avaient eu un pli amer.

– Il n'est pas homme à mâcher ses mots, ni à reculer devant la vérité, vous devez bien le savoir.

– Mark vous a déclaré que... que nous avions une liaison? interrogea Jessica avec incrédulité.

– En fait, ce n'est pas tout à fait ça. Voici ses paroles

exactes : « Je la veux et je l'aurai ». Vous voilà au courant, docteur Neal.

Ce disant, elle s'était levée avec infiniment de grâce. Un peu embarrassée par la façon critique dont la dévisageait son interlocutrice, Jessica fit de même.

– Curieux... murmura Sylvia. Je n'aurais jamais cru que vous fussiez son genre...

Le silence qui suivit fut brisé par le crissement de pneus sur le gravier. Un pas décidé s'approcha de la maison. Jessica se raidit. Elle avait deviné l'identité de son visiteur. La porte s'ouvrit avec fracas et Mark remplit le salon de sa haute silhouette impressionnante. Il avait ôté sa cravate et déboutonné le col de sa chemise.

Son regard gris effleura Jessica avant de se poser sur Sylvia.

– Je te supposais en route pour Pretoria, jeta-t-il d'un ton sec.

– En fait, chéri, je me préparais à partir, répondit-elle avec un rire de gorge. Amuse-toi bien!

Avec un petit geste désinvolte de sa main aux ongles soigneusement polis, elle s'éloigna, laissant derrière elle un sillage de parfum entêtant qui resta dans l'air comme une barrière infranchissable entre Mark et Jessica. Tous deux se taisaient, en proie à une tension presque tangible.

– Je me doutais bien qu'elle irait vous voir, finit par soupirer Mark. Que vous a-t-elle raconté?

– Rien que je ne sache déjà, rétorqua froidement la jeune fille qui ne se sentait pas d'humeur à revenir sur les révélations de Sylvia Summers.

– Vous feriez quand même mieux de me le dire, insista-t-il sur un ton mordant.

– Vous n'avez certainement pas besoin d'être éclairé sur votre caractère, lança-t-elle avec hargne. En revanche, je vais vous expliquer une fois pour toutes ce que je pense de vous. Vous êtes une brute cruelle et sans pitié et je ressens pour vous le plus profond mépris!

146

– Répétez un peu! siffla-t-il entre ses dents.

Il était comme une bête fauve prête à bondir sur sa proie. Jessica se préparait à se défendre vaillamment lorsque la sonnerie du téléphone interrompit cet échange.

Quittant Mark des yeux, elle se dirigea vers l'appareil.

– Ici docteur Neal, dit-elle d'une voix qu'elle s'efforçait désespérément d'affermir.

Mais la standardiste était sans doute trop préoccupée par l'urgence de l'appel pour remarquer quoi que ce soit.

– J'arrive tout de suite, promit Jessica après avoir enregistré le message.

Lorsqu'elle se retourna, Mark avait disparu. Sa voiture aussi. Elle n'avait jamais vu le médecin dans une fureur pareille. Dieu sait ce qui se serait passé sans ce providentiel coup de téléphone!

Complètement abattue, elle se glissa derrière le volant de son Alfa. Il fallait voir les choses en face. Certes, Sylvia Summers ne lui avait rien appris qu'elle ne sût déjà, mais elle avait réussi à briser net les dernières bribes d'espoir que la jeune fille caressait encore sans oser se l'avouer.

Durant les heures qui suivirent, Jessica n'eut pas le temps de s'appesantir sur ses propres problèmes. Elle avait sur les bras un accouchement difficile. Il était plus de 11 heures lorsque le bébé vint au monde avec les fers. La mère était épuisée, mais l'enfant n'avait heureusement pas souffert.

– Vous me paraissez exténuée, docteur, fit observer l'infirmière de nuit, une fois que Jessica se fut débarrassée de la blouse et de son masque. Aviez-vous seulement eu le temps de dîner?

– Même pas! sourit Jessica dont l'estomac criait famine.

– Je m'en doutais, déclara l'infirmière en la faisant

entrer dans son petit bureau. Je vais vous faire monter un en-cas.

Une fois seule, Jessica se laissa tomber lourdement sur une chaise. Elle se sentait des jambes de plomb. Le désespoir lui brouillait les idées. Pour couronner le tout, elle se vit à cet instant dans la vitrine d'un meuble, petite, si pitoyable avec ses traits tirés et ses épaules lasses, aussi fade que la fleur en papier défraîchi plantée dans un pot à moutarde sur la table. Comment aurait-elle pu soutenir la comparaison avec la belle blonde capiteuse qu'était Sylvia Summers? Elle n'avait jamais eu aucune chance de gagner l'amour de Mark et n'en aurait jamais.

Sans trop savoir ce qu'elle faisait, elle but plusieurs tasses de thé et mangea ses sandwiches.

— J'espère pour vous, docteur, qu'il n'y aura pas de nouvelle urgence cette nuit, lui dit gentiment l'infirmière après lui avoir souhaité bonne nuit.

En arrivant chez elle, la jeune fille était épuisée physiquement et mentalement. Il était plus de minuit. Elle avait un seul désir : se glisser au lit, dormir, oublier...

— Jessica?

La voix de Mark s'élevant derrière elle dans l'obscurité, à l'instant précis où elle ouvrait sa porte, la surprit tellement qu'un cri étouffé lui échappa. Se retournant brusquement, elle vit sortir d'un massif de bougainvillées la haute silhouette familière qui ne manquait jamais de l'émouvoir. La crainte et le désir l'envahirent avec une telle violence qu'elle dut s'appuyer contre le montant de la porte, pour ne pas chanceler.

— Je suis désolé de vous avoir fait peur, fit-il avec une gentillesse inattendue.

— Que faites-vous chez moi à cette heure-ci?

— Je veux vous parler.

— Ça ne peut pas attendre demain?

— Non.

— Bien, soupira-t-elle sans oser discuter. Entrez.

Après avoir lancé sa trousse sur la chaise la plus proche, elle passa la main dans ses boucles en désordre.

— Du café? demanda-t-elle machinalement d'une voix infiniment lasse.

— Pas maintenant. Écoutez-moi, Jessica, je voudrais vous expliquer...

— M'expliquer quoi? fit-elle avec amertume. La situation me paraît on ne peut plus claire!

— J'ai l'impression que Sylvia ne vous a pas raconté toute la vérité.

— La vérité, je la connais depuis toujours. Vous ne m'avez jamais caché que vous me désiriez. Votre maîtresse m'a simplement confirmé ce fait.

— Est-ce vraiment tout ce qu'elle vous a appris?

— Dois-je vous répéter ses paroles? s'enquit-elle en le défiant du regard.

— Cela me faciliterait les choses.

— Très bien, acquiesça Jessica. « Je la veux et je l'aurai. » Fin de citation. Mais vous vous trompez grossièrement, docteur Trafford, si vous croyez pouvoir arriver à vos fins! Je ne suis pas le genre de fille qu'on prend et qu'on rejette suivant son bon plaisir!

— Jessica...

— Ne me touchez pas! cria-t-elle d'une voix rauque en faisant un pas en arrière. Vous êtes l'homme le plus cruel que j'aie jamais eu le malheur de rencontrer! Et maintenant, je vous prie de partir.

— Je veux bien être pendu si je m'en vais avant de vous dire ce que je...

— Je ne veux rien savoir! Ça ne m'intéresse pas!

Mark bondit, et cette fois-là, Jessica ne put lui échapper. Il la serra contre lui à l'étouffer.

— Si vous ne voulez pas m'écouter, Jessica, peut-être comprendrez-vous mieux ce genre d'argument, murmura-t-il en s'emparant de ses lèvres.

Lasse à mourir, Jessica se laissa aller contre son bourreau, toute tremblante, les joues ruisselantes de larmes, sans pouvoir retenir un sanglot.

– Allez-vous m'écouter, oui ou non?

– Je vous déteste, Mark Trafford, vous entendez? bredouilla-t-elle d'une voix entrecoupée.

– Voulez-vous m'épouser, Jessica?

– Vous êtes fou! s'écria-t-elle en s'arrachant brusquement à son étreinte. Ah, vous imaginez m'avoir par ce moyen! Mais je ne suis pas dupe!

– Je veux vous épouser, répéta Mark. C'est clair?

Elle leva sur lui un regard incrédule.

– Vous êtes très fort, je vous l'accorde, déclara-t-elle avec un petit rire grelottant. Vous savez appâter le poisson, mais ne comptez pas sur moi pour mordre à l'hameçon.

– Enfin, Jessica, pourquoi cette méfiance?

– Rappelez-vous notre conversation, le soir où vous m'aviez attirée chez vous pour dîner. Vous aviez alors tourné le mariage en dérision et après v... vous m'aviez demandé froidement de devenir v... votre maîtresse. J'avais refusé. Le week-end suivant, Sylvia Summers revenait chez vous.

– Je peux...

– Vous avez eu ensuite l'audace de prétendre que j'avais un seul mot à dire pour prendre la place de Sylvia, coupa-t-elle avec véhémence. Cette femme avec laquelle vous veniez de passer un week-end passionné...

– Je ne l'ai pas touchée.

– Oh vraiment, Mark, protesta-t-elle avec cynisme, vous n'allez pas me faire croire une chose pareille!

– J'ai pensé pouvoir lutter contre mes sentiments pour vous, Jessica. Mais tout le temps votre image était entre nous. Je n'ai pas pu l'approcher, je vous le jure!

Soudain, quelque chose dans le regard du médecin fit battre le cœur de Jessica à grands coups désordonnés.

– J'ai voulu lui faire comprendre que tout était fini entre nous, reprit-il. Elle ne m'a pas pris au sérieux. Tout à l'heure, elle est arrivée chez moi à l'improviste. J'ai dû lui assener la vérité.

– Vous lui avez dit que vous me vouliez? demanda-t-elle dans un chuchotement.

– Que je voulais vous épouser. Ce n'est pas tout à fait pareil, ajouta-t-il en voyant son expression médusée. J'avais voulu être honnête avec elle. Résultat : elle s'est mis en tête de brouiller les cartes...

De ses deux mains, il lui entoura la taille.

– Pourquoi désirez-vous ce mariage? bredouilla-t-elle.

– Vous êtes une jeune personne extrêmement calme et compétente, Jessica. Dès le début, je me suis senti défié par vous. Non contente d'être un excellent médecin, vous êtes également un pilote remarquable. Il me restait à découvrir vos qualités humaines. Je n'ai cessé de me moquer de vous... mais peu à peu, j'apprenais à votre contact qu'il y avait dans la médecine un aspect psychologique que j'avais négligé. Et puis, surtout, j'ai admiré votre courage et... Ah, mon Dieu, Jessica, je n'ai jamais eu si peur de ma vie que le jour où je vous ai vue grimper sur ce véhicule en équilibre instable pour porter secours à un blessé! J'ai su alors que, si ce camion avait basculé dans le vide, j'aurais perdu ma raison d'être...

– Oh, Mark, souffla-t-elle en se laissant aller contre le corps musclé du médecin.

– Je t'aime, ma chérie, murmura-t-il d'une voix vibrante d'émotion en frottant sa joue un peu rugueuse contre la sienne. Je t'aime comme jamais je ne pensais pouvoir aimer. A en devenir fou...

– Moi aussi, je t'aime, balbutia-t-elle en lui nouant les bras autour du cou. Tu... tu ne l'avais pas deviné?

– Tu ne m'avais jamais rien laissé entrevoir de tes sentiments.

– Toi non plus, protesta-t-elle.

– Je t'avais dit que je te désirais.

– Ce n'était guère encourageant pour une fille bourrée de principes, avoue! Moi, je voulais bien davantage.

– Tu seras comblée, mon amour, je te le promets, murmura-t-il tout contre son oreille en l'entraînant vers le canapé. Cette nuit à Venda, après la danse du python, poursuivit-il une fois assis, je n'avais pas eu l'intention de... de...

– Je sais, coupa-t-elle. C'était une nuit magique... envoûtante... Moi-même, je... je n'aurais pas eu honte de mon désir si j'avais su alors que tu m'aimais autant que je t'aimais. Hélas, je pensais...

– Tu pensais avoir affaire à un ignoble individu cherchant uniquement à satisfaire ses instincts les plus vils, n'est-ce pas?

Rouge d'embarras, elle enfouit son visage contre l'épaule de son compagnon.

Avec tendresse, il caressa les courtes boucles brunes avant de s'emparer de ses lèvres en un long baiser qui la fit frémir de la tête aux pieds.

– Tes parents verraient-ils une objection à ce que nous nous marions samedi prochain? demanda-t-il enfin.

– Je ne le crois pas, mais... que devient mon contrat avec Peter?

– Rien ne t'empêche de travailler jusqu'à son expiration.

– Et après? questionna-t-elle avec un petit sourire hésitant.

– Eh bien, nous aviserons... car rien ne presse, n'est-ce pas, ma chérie?

Devant l'étonnante tendresse des beaux yeux gris, Jessica se sentit fondre. Mais un éclair d'humour traversa subitement le regard de Mark.

– Ton père saura-t-il apprécier les bêtes que le chef

Cedric désire me voir consacrer à l'achat d'une femme?

– Ne sois pas ridicule, s'exclama-t-elle en riant avant d'ajouter avec curiosité : A propos, qu'en as-tu fait?

– Je les ai données à mon fidèle Jonas avec mission de se trouver une bonne épouse capable de tenir la maison et de... de s'occuper de... des enfants...

– Oh Mark, murmura Jessica d'une voix émue.

– Tu rougis, mon trésor...

– Je sais. Tu as toujours eu le don de me faire perdre contenance.

– Je m'en réjouirais plutôt, mon cœur, affirma-t-il en lui effleurant tout le visage de ses lèvres tièdes avant de les poser sur la bouche offerte.

Le cœur de Jessica battait à se rompre. Elle avait l'impression d'entendre les tams-tams de la nuit magique du Venda. Mark s'était allongé avec elle sur le canapé et la couvrait de caresses tendres et passionnées à la fois. Ils se laissaient porter par la même vague de désir enflammé. Jessica ne pouvait s'empêcher de penser aux paroles prophétiques du chef Cedric : « Quand l'heure sonne pour l'homme de se chercher une compagne, il est comme le python. Il déroule ses anneaux avec la rapidité de l'éclair et, quand il frappe, on ne peut lui échapper. »

Dans les bras du médecin, elle devenait étrangement vulnérable, embrasée par le feu qui courait dans ses veines. Mark se ressaisit le premier.

– Jessica, mon ange, il est temps d'aller te coucher, fit-il en se soulevant sur un coude et en la contemplant avec une douceur bouleversante. Il est plus de 2 heures. Tu tombes de sommeil. Je ne vais quand même pas abuser de la situation.

– Oh, mon chéri, n'est-ce pas trop te demander?

– Non, mon petit. Je saurai t'attendre. A demain, mon amour, ajouta-t-il après un dernier baiser.

« A demain, mon amour... se répétait Jessica dans son lit, à moitié endormie. Dans huit jours, nous ne nous quitterons plus... Le python déroulera ses anneaux... Vif comme l'éclair, il frappera... et je serai enfin à toi... »

Épuisée, mais heureuse, elle s'endormit, le sourire aux lèvres.

Les Prénoms Harlequin

JESSICA

fête : 4 novembre   couleur : bleu

Volontaire et intrépide, celle qui porte ce prénom a généralement une activité débordante et soutenue. Infatigable, elle fait mener un train d'enfer à son entourage auquel elle communique son dynamisme et son ardeur.

La compétition la stimule, aussi parvient-elle toujours au but, si difficile soit-il, qu'elle s'est fixé.

Jessica Neal est bien décidée à passer outre les préjugés des autochtones !

Les Prénoms Harlequin

MARK

Ce prénom d'origine latine confère à celui qui le porte une droiture et une conscience professionnelle hors pair. Son dévouement sans bornes et sa disponibilité permanente le prédisposent à une carrière où le contact humain prévaut sur toute autre qualité. Il adhère facilement à des causes nobles pour la défense des plus défavorisés.

Mark Trafford a accepté son poste dans le Transvaal car rien ne correspond mieux à son attente.

**Découpez et retournez à: Service des livres Harlequin
649 rue Ontario, Stratford, Ontario N5A 6W2**

Certificat de cadeau gratuit

OUI, envoyez-moi le ROMAN GRATUIT "AUX JARDINS DE L'ALKABIR" de la Collection **HARLEQUIN SEDUCTION** sans obligation de ma part. Si après l'avoir lu, je ne désire pas en recevoir d'autres, il me suffira de vous en faire part. Néanmoins je garderai ce livre gratuit. Si ce livre me plaît, je n'aurai rien à faire et je recevrai chaque mois, deux nouveaux romans **HARLEQUIN SEDUCTION** au prix total de 6,50$ sans frais de port ni de manutention. Il est entendu que je peux annuler à n'importe quel moment en vous prévenant par lettre et que ce premier roman est à moi GRATUITEMENT et sans aucune obligation.

NOM _____
　　　　　　　(EN MAJUSCULES. S V P)

ADRESSE_____ APP _____

VILLE _____ PROV _ CODE POSTAL ☐☐☐ ☐☐☐

SIGNATURE_____ (Si vous n'avez pas 18 ans, la signature d'un parent ou gardien est nécessaire.)

Cette offre n'est pas valable pour les personnes déjà abonnées. Prix sujet à changement sans préavis. Nous nous réservons le droit de limiter les envois gratuits à 1 par foyer.
Offre valable jusqu'au 30 juin 1984.

Collection Harlequin

Recevez chez vous 6 nouveaux livres chaque mois—et les 4 premiers sont gratuits!

En vous abonnant à la Collection Harlequin, vous êtes assurée de ne manquer aucun nouveau titre! Les 4 premiers sont gratuits—et nous vous enverrons, chaque mois suivant, six nouveaux romans d'amour.
Mais vous ne vous engagez à rien: vous pouvez annuler votre abonnement à tout moment, quel que soit le nombre de volumes que vous aurez achetés. Et, même si vous n'en achetez pas un seul, vous pourrez conserver vos 4 livres gratuits!